青いトカゲ

木村のら
KIMURA Nora

文芸社

目次

プロローグ――午前三時のリベンジ

遠藤友哉（マメオ）の妹・遠藤優花の話

「お兄ちゃんは深夜コンビニで働いて食費くらいは母に渡しているから、ニートではないかな。でも私が中学生の頃は、食事の時以外ずっと部屋に閉じこもっていたし、今でも人付き合いはほとんどしない。私は市内の公立大学で看護の勉強をしていて、夜や週末はバイトしたり友だちと遊んだり。昼夜逆転のお兄ちゃんと顔を合わせることはあまりない。

お母さんの話だと、お兄ちゃんは小学校、中学校といじめに遭っていたらしい。体がとても小さくて、マメオって呼ばれてたって。私は物心つく前に父が急死したため父の顔を知らないけど、お兄ちゃんは十歳になっていたから父のことをよく覚えているはず。父亡き後、私の世話なんかもずいぶんと手伝ったらしい。だからお兄ちゃんって気の毒なとこがある。

母はお兄ちゃんのことすんごく心配してて、体に悪いから昼間の仕事をするようにとか、もう三十歳近い息子にああだこうだと口を出す。お兄ちゃんはぶすっと聞き流したり、『わかったよ、うるせーなー』と反抗したり……。母はたぶん私よりお兄ちゃんの方が可愛いんだろうなって思うけど、不思議と私はそれを受け入れているみたいで、別に妬いたりひがんだりはしない。母と一緒にお兄ちゃんの心配をしてるって感じ。だってお兄ちゃん、何を楽しみに生きているのかわからないし、将来に夢とか希望とかっていっさい持っていないと思う。『死ぬ勇気もないから生きてるだけ』って、このあいだもぽろっと言ってたしね」

午前三時。オレは町の支配者になる。午前三時は、いちばん孤独な時だ。二時は長い夜の終わりで、四時は長い一日の始まりだけど、三時は夜でもなく朝でもない。いちばんディープな時間だ。この時間、オレは最高に自由になる。

頭の中の電話帳を探ると、番号がポップアウトして目の裏に現れる。それを指がスマホの上で再現する。もちろん非通知設定にするのは忘れない。呼び出し音が鳴るまでの長い時間、息をこらして待つ。一回、二回。そして電話を切る。ただそれだけのこと。

呼び出し音は、二回がベストだ。眠っている人間を起こすには、一回では足りない。三回だと、電話に出てしまう可能性がある。二回なら人は目を覚ますけど、電話口に出るところまではいかない。

午前三時一分。心臓が少しどきどきしているが、小心者としては最大限のことをやりとげたので気分はいい。世の中にほんの少しだけでも仕返しできたような気がする。別に大それたことをするわけじゃない。恵まれた生活をあたりまえのこととして疑問も持たずに、のうのうと暮らしているやつらをちょっと驚かすだけ。

今日のターゲットは夜十時にシフトに入って最初にやってきた女の客。ピンクの爪に、白髪と黒毛と染めた茶毛が三毛猫のように混ざったバサバサの髪をして、よく見るとかなりのババアだった。東京宛の宅配便を持ち込んで、「明日中に着かないの?」とガラガラ声で言ってきた。「無理ですね」と言ったら、まるで俺が悪いかのようにぶすっとしていた。常識知らずのババアだとむかついた。今頃しわしわのすっぴん顔でびっくりしているだろう。ざまあみやがれ。

いつの間にか空が白々としてくる。凍てつく朝、新聞配達のバイクが夜明けを告げる。オレの他にもおかしな時間に働いている仲間がいると確認する瞬間だ。それからトラックが行き交い、通りが急に活気付いてくる。商品の入荷が始まり、勤め人や学生がコーヒーやおにぎりやサンドイッチを求めてやってくる。朝の二時間ほどは、あわただしく過ぎていく。

世間がこうして活動を始める時間に、オレはずっと前に死んだ父親のお下がりの五十ccバイクで家に帰る。まだ動くのが奇跡的なほどに古いものだが、何度か修理して使っている。母親はすでにパートに出かけていない。妹も大学に行っているのだろう。家の中はからっぽだ。冷蔵庫をごそごそやって鮭フレークの瓶を取り出し、電気釜からごはんをよそって、口の中にかき込む。

食卓の端っこに、オレ宛の大きな茶封筒が置いてあるのに気付いた。中学の同窓会名簿が届いたのだ。今どき珍しい個人情報の宝庫。大枚はたいて買ったのは午前三時のリベンジに使えると思ったからだ。

分厚い名簿をパラパラとめくってみる。ターゲットは女。金満そうな男と結婚していたり、良い職についていたり、しゃれたところに住んでいたり。そういう虫の好かない女はいないだろうか。

三年の時の自分のクラスのページを見ていたら、代官山という地名に目が留まった。中村香奈子（旧姓山崎）か……。憶えている。頭が良いのにちょっと間が抜けてて、おもしろい子だった。中学の二年と三年の時に同じクラスだったが、たしか卒業と同時に東京に引っ越して行った。

「おいおい、山崎香奈子ってスッチーになって国際線乗ってるってよ」と、だいぶ前に勇気を振り絞って一度だけ出席したクラス会で話題になっていた。結婚して主婦にでもおさまったのか、名簿の職業欄は無記入になっている。けっこうなところに住んで、ダンナの金でうまいことやっているんだろう。いい気なものだ。次はこいつに決めよう。

〇三で始まる中村香奈子の固定電話番号を、脳内メモリーに保存した。自慢じゃないがオレは数字に強い。めっぽう強い。頭の中に入っている電話番号は軽く百を超えるはずだ。

第一章　逃走

山崎（中村）香奈子の元同僚、客室乗務員・須田美咲の話

「山崎香奈子さんとは同期入社で、彼女が会社を辞めるまで五〜六年ほど、かなり親しくお付き合いさせてもらいました。お互い成田の近くにマンションを借りていて、他のＣＡたちとよく女子会もしましたし、一緒に旅行したこともありました。彼女は英語もできるし、体力もあるし、一見この仕事に向いているかと思うと、気が利かなくてよくチーフに叱られてましたね。お人好《よ》しでちょっと浮世離れしてるっていうか、ふわふわしたところがあるので、仲間内ではよく『天然』って言われていました。

ご主人との出会いは、私が誘った婚活パーティだったんです。出会いから半年もしないで結婚しちゃった。出来婚だったんですよ。私はご主人のハルさんのこと、『素敵だけど、ちょっと出来過ぎ』って思っていました。しばらく前におばさまたちに人気だった韓国の俳優がいたでしょ。そうそう、ヨン様。ちょっとそんな感じでした。ヨン様を若くしてパリッとしたビジネスマンにした感じかしら。とっても礼儀正しいの。でも私はちょっと苦手だった。あんな男性の前ではくつろげませんから。

彼女と最後に会ったのは、赤ちゃんが生まれて代官山のお宅にお祝いに行った時です。

同僚二人とお祝いのベビー服を持ってうかがいました。山崎さん、赤ちゃん抱いてにこにこしていましたけど、寂しくないのかなと気になりましたね。ご主人は出張がちで、出産前にお母さんはお亡くなりになっていたし……。一人で赤ちゃんと向き合う日々って、正直想像できません。私は独身で旅行とか出かけるのが好きなので、彼女とは共通点がなくなってしまい、結局それっきりになってしまいました」

1

時計の音と遠くの車の音が混ざり合う。香奈子は数分おきに寝返りを打っていた。今夜もまた、眠れない。

夫のハルは、一週間後に戻ると言って、午後に大型トランクをタクシーに積んで出かけて行った。月の半分は出張に出ているが、マレーシアとか香港とか、あいまいに行き先を告げるだけで、詳しいことは言わない。今回はソウルに行くと言っていた。

夜、いったんは疲れ果てて娘のハナと一緒に眠ってしまうけど、必ずといっていいほど二時過ぎに目が覚めて眠れなくなってしまう。闇の中でどこに行くのかわからない思考。

「君の想像力はワイルドだね」と夫は言う。彼の日本語はほぼ完璧だけど、アメリカで生まれ育ったので、時々こんな言い方をする。つまり「君は頭がおかしい」と言いたいのだ。

自分の怖れが妄想なのか現実なのか、それがわからない。もしかするとほんとうに精神を病んでいるのかもしれない。

闇の中で目をつぶっていると、アレがぬるりと現れる。アレ、つまり青いトカゲ。背中がブルーのグラデーションで、わき腹が縁取りのように薄く緑がかっている。すばしっこくて、感情のない小さな目をしている。

最初にアレを目にしたのは、ハナがお腹にいて妊娠が安定期に入った早春、夫と伊豆に小旅行に出かけた時のことだった。あまりにも慌しい出会いと妊娠のために、これが二人で出かけた初めての旅行だった。

下田の温泉旅館で湯につかっていたら、若い女が入ってきた。長い髪の毛をくるくるとまとめて、頭のてっぺんで留めていた。何か青い髪留めが目に入った。湯船に入ってくる時、その女はちらりとこちらを見ると、悠然とライトアップされた坪庭に視線を向けた。

お腹の赤ん坊に気遣って香奈子は長湯をせずに早めに風呂から上がった。脱衣所で髪を乾かしていると、その女も風呂場から出てきてバスタオルを体に巻いた姿で隣の椅子に座り、ドライヤーを手にした。長身とゆっくりとした動作が、若さに似合わない落ち着きをかもしだしている。二人きりの脱衣所で気まずくならないように声をかけようかと思って、やめた。彼女が絶対に目を合わせようとしなかったからだ。

それなのになぜか彼女が自分を意識していると感じた。無関心を装った関心。自分のふっくらとしたお腹に視線を感じたような気がして横を向くと、同時にその女が顔をそらしたような気がした。その時、テーブルに置かれた女の髪留めが目に入った。青いトカゲの模様が印象的だった。

翌日、下田から西伊豆を巡ることにした。夫は海岸沿いの道路をひたすらに北に向かって愛車のミニ・クーパーを走らせた。いつものことながら、彼は言葉少なだった。メモリーから聞こえてくるバッハの楽曲に飽きると、香奈子はラジオのチューナーを軽いポップソングを流している局に合わせた。運転中の彼の横顔に目をやると、目が遠くを見ている。目の前の道路を見やりながら、さらにずっと遠くを見ているような、心がここにないような、そんな視線はいつも香奈子を不安にさせる。

道の駅に寄って、名も知らない珍しい柑橘類を一袋買った。それから食堂に入って、天ぷら蕎麦を二つ頼んだ。

「伊豆のこっち側は初めてだなあ」と夫が言う。「私も」と香奈子が答える。会話はあまり続かない。第一子の誕生を待つ若い夫婦なら、子どもの話とか将来の夢とかを楽しげに語り合ったりするのではないだろうか？　しかし香奈子とハルはそうではなかった。和気あいあいとした会話なんて望むべくもない。手持ち無沙汰に海を眺めやり、明るさを増した陽光で海がきらめいていることに感動を分かち合うこともなく、テーブルに運ばれてきた蕎麦を黙々と口に運ぶ。

「それ、何ていうみかんかな？」最初に沈黙を破ったのはハルだった。香奈子は自分の右側の椅子に無造作に置かれたビニール袋に目を落とした。みかんに興味を持つなんてハルらしくない。

「さあ……なんだったかな。和製グレープ・フルーツみたいな感じで、あっさりしていて好きなの」

「祖父がそういうのを栽培してた。九州で。跡を継がないかって言われたけど、その時は想像もできなくて。まだ高校生だったから」

ハルは途切れ途切れに言葉をつなげる。

「あの時、真剣に考えてたらどうだったかって時々思うんだ。おじいちゃんは喜んだだろうし、僕の人生も……充実してたかもって」

香奈子はその言葉に傷ついた。私と結婚して、もうすぐ子どもも生まれるのに、あなたの人生はそんなに空しいの？

「これからでもやれるかもよ」と言いながら、ハルが野良仕事しているのはとても想像がつかないと思った。

「みかん畑はもう荒れ果てているだろうな。おじいちゃんが亡くなって、誰も世話する人がいなくなったから」

ハルはいつになくしんみりした様子で言った。

「いつ亡くなられたの？」

「三年、いや、四年くらい前」

「あなたが学生の時に亡くなったおじいちゃんとは別のおじいちゃんなの？」

ハルがこういう質問、つまり家族についての質問を好まないのは知っていたが、三一歳という年齢と計算が合わないので思わず尋ねてしまう。

案の定、少し不機嫌な様子で目を泳がせた後、ハルは言った。

「みかん畑のおじいちゃんは、祖父じゃなくて、ひいおじいちゃんだったんだ。正確に言うと」

それから再び二人は沈黙した。

ハルがレジで会計をしている間、ふと入り口の左側のテーブルに座っている若い女に目が行った。食事を済ませたようで、口紅を手にコンパクト・ミラーを覗き込んでいる。口紅を塗りなおすのに周囲を気にする様子はない。香奈子がそのままぼんやりと女の手元を見ていると、彼女はパチンとミラーを閉じた。その蓋の模様には見覚えがあった。昨日温泉にいた女の髪留めと同じような青いトカゲが浮き出ている。単なる偶然？　この青いトカゲ模様は最近流行しているのかしら？　目の前の女はどちらかというと小柄でぽっちゃりとしている。昨日の長身の女とは同一人物であるはずがない。なのに、妙に超然とした雰囲気が共通していた。心臓の鼓動が高まり、子宮がぎゅっと硬くなった。

夕方に伊豆から東京に戻り、夕食の食材を買おうと自宅マンション近くのスーパーに寄った時、再び青いトカゲが目に飛び込んできた。一瞬のことだったが間違いない。カートを押して陳列棚の角をすっと曲がって行った女の後頭部に付いていた。長身と独特の髪型。あの女性は、温泉で出会った人と同一人物ではないのだろうか？　もしかして、後を付けられている？

「なんか顔色悪いね。疲れた？」

香奈子がカートに手をかけたまま立ち尽くしているので、ハルが声をかけて来た。

「伊豆の温泉で会った人を、そこで見かけた気がする。青いトカゲの髪留めをしていたの」

言葉に出したとたん、ざわざわした感じがしぼんで消えた。

「ふうん、そういう偶然もあるんだね」と、ハルはこともなげに答えた。

そう言われてみると、何でもないことのように思えた。

夏の盛りに、香奈子は近隣の小さな産院でハナを出産した。

ハルは出産直後に赤ん坊を見に来て、目を細めてそれなりの反応は見せたけれど、翌日にはまたすぐに出張に出かけてしまった。一週間が経ち退院の日がきても迎えに来る人はいない。香奈子は小さな壊れもののようなハナをガーゼのおくるみに包んで胸に抱き、タクシーで帰宅した。

じりじりとした陽光を避けて産院の玄関でタクシーを待っていた時、駐車場に白っぽい

車が停まっているのに気が付いた。運転席にはツバの広い黒い帽子を被った女が座ってい
る。助手席にもう一人女性がいて、うつむき加減でスマホを見ているようだ。
タクシーに乗り込み、トランクに荷物を積んでくれた看護師さんに手を振って出発する
と同時に、その白い車がすーっと動き出した。幹線道路から脇道へと左折すると、その車
もまた左折してくる。マンションは産院から車で十分ほどのところにあり、たいした距離
ではないが、幹線道路から入ると数回の曲がり角がある。白い車は、そのいずれの曲がり
角も付いて来た。
香奈子がいちいち曲がり角で後ろを見るので、運転手も気になったらしく、「後ろの車、
知ってる人?」と聞いてきた。「いいえ」と答えるが、心臓がバクバクしてきた。
タクシーがマンションの前に止まると、その白い車は脇を通り抜けて行った。バックナ
ンバーの下二桁が「23」だった。あまり車に詳しくない香奈子には何のモデルかまではわ
からなかったが、ありふれた車のように見えた。
「なんか変な感じにくっついてきたな」と、運転手がボソッと言った。ぶっきらぼうだが
親切な運転手は、スーツケースをトランクから出して三階の部屋まで運んでくれた。

一週間ぶりに家に入ると、むっとする熱気がまとわりついた。ハナをうちわで扇ぎながら、エアコンが効いてくるのを待つ。赤ん坊を家に連れて帰るという多くの女性にとっては喜びに溢れるその日、香奈子は一人で床にへたり込み、ため息をついていた。ハルは翌日にならないと戻らないので、赤ん坊と二人きりで最初の夜を過ごすことになる。産院では夜間、看護師さんに赤ん坊をあずけて眠ることができたが、これからはすべて一人で世話をしなくてはならない。

育児書などには、新生児との添い寝は窒息の恐れがあるからやめたほうがいいと書いてある。それなのにハナは一人寝を拒絶する。授乳で寝付いたハナをそっとベビーベッドに置くと、とたんに目を醒まして引き裂くような声で泣き始める。こんな小さな体のどこから出るのだろうというような声。再び抱き上げて乳首を含ませると吸い付き泣き止む。そしてまたベビーベッドに置くと泣き出す。

ハナが母親の胸とベビーベッドを四回往復したところで、香奈子はとうとう根負けした。ハナを抱いたまま自分のベッドに横になり、小さな体を胸に引き寄せると、赤ん坊は母親との密着が気に入ったというように静かになった。驚いたことに香奈子自身もその一体感で落ち着き、満たされた気分になる。「そうだよね、一週間前まではずっと一緒だったものね」と、眠るハナに心の中で話しかけた。
ハナのかすかな呼吸音に耳をそば立たせながら、長い夜が明けるのを待った。数時間ごとにハナが泣き出すので、乳首を含ませては寝かしつける。新生児を押しつぶしてはたいへんと、寝入ることができない。
おそらく眠れない理由はそれだけではなかった。昼間のことが頭から離れない。タクシーの後を付けて来た怪しい白い車。あの車は、香奈子が生まれたての赤ん坊を家に連れ帰ったことを確認するために付いて来たように思えてならない。女性の二人組。広いツバの帽子を被った女に見覚えはなかっただろうか？

その日以来、青いトカゲに加えて下二桁が「23」の白い車が香奈子の怖いものになった。下二桁が「23」の車なんて、たくさんあるに決まっている。白い車も最も一般的だ。でも、外出先でそれに当てはまる車を見つけると、とたんにおびえてしまう。ツバの広い黒い帽子も苦手になった。

そして一年後のハナの一歳の誕生日。ハナはいちごが大好きなので、夏でもいちごのケーキを売っている店を探し出して予約してあった。当日、ハルが運転して三人で家から数キロ先のお菓子屋さんに向かった。駐車場に車を止めて、ケーキを受け取るために香奈子が一人で車から降りて店に向かった時のことだった。

入り口の脇に停まっていたグレーの外車の運転席から、紺色の野球帽を被った若い女が降りて来た。サングラスをかけているので顔立ちはわからない。女は車をロックすると、香奈子の前をすり抜けるように通り過ぎ、自動ドアの入り口から店内に入って行った。その時、彼女の腕に巻き付いていたブレスレットに目が引き付けられた。小さな青いトカゲ。ハナが生まれる前に伊豆で見かけた髪留めやコンパクトに付いていたものとそっくりの青いトカゲ。香奈子の全身が凍り付いた。

ケーキを受け取り店のレジで会計をしていると、野球帽の女が焼き菓子を入れたカゴを手にレジの後方に並んできた。香奈子はケーキを抱え、汗ばむ手におつりとレシートを握りしめたまま逃げるように店の外に出て、ハルとハナが待つ車に乗り込んだ。

香奈子の呼吸が乱れているのに気付いたハルが、「どうかした?」と声をかけてきた。

「ん、なんでもない」とつぶやくように答える。しかし、車が走り出してしばらく経ってもお通夜のように黙り込んだままの妻に、ハルがもう一度聞いてきた。

「何か心配事？」

「……頭がおかしいと思うだろうけど、さっき怖いものを見ちゃったの」

「何？」

「青いトカゲ」

ハルが口を開く前に一瞬の沈黙があった。

「生きてるヤツ？　爬虫類、苦手なの？」

「ずっと前に伊豆の温泉で青いトカゲの髪留めを付けた人がいて、次の日にはお蕎麦屋さんで同じデザインのコンパクトを使っている人を見たの。それと同じデザインのブレスレットをしている人を、さっきお菓子屋さんで見たのよ」

「そのキャラクターが最近人気なんじゃないの？」

ハルはこともなげに言った。


青いトカゲは強迫観念となって香奈子をさいなむようになった。デパートのエスカレーターで前に立っていた高校生らしい女の子のスマホケースにあしらわれていた青いトカゲのイラスト。公園で見かけた若い男の子のTシャツに付いていた大きな青いトカゲ。そういうのはすべて香奈子にとって凶兆になった。

　一度、ほんとうに怖かったのは、マンションのアプローチの植え込みの脇で青ざめたトカゲの死体を見つけた時だ。割り箸で死体を拾って、植え込みの中に投げ込んだ。そして、それからはその植え込みを視野から外して暮らすようになった。ネットで調べても、日本に生息している青いトカゲなんて出てこない。いったいどこからやって来たのだろう?

　単なる偶然なのだろう。それなのに青いトカゲに出合わないか、あるいはナンバーが「23」の白い車に出合わないか、外に出るたびにびくびくしてしまう。青いトカゲが怖いのか、白い車が怖いのか、単に偶然が怖いのか、自分でももうわからない。だんだんに外に行くのが憂鬱になって、家に引きこもりがちになってしまった。食材の宅配に頼り、買い物は最低限。それでもハナを散歩させなければと二日に一回はベビーカーを押して外に出るが、できるだけ周囲を見ないように下を向いて歩いてしまう。

　ハナの一歳の誕生日以来、もう半年もこんな状態が続いている。こんな陰気な母親に育てられているハナがかわいそうになる。

2

眠れないままにのどの渇きを覚え、香奈子はベッドから出てキッチンに行った。冷蔵庫からハナのために作った麦茶を出してコップに注ぎ、立ったまま一気に飲み干す。壁の時計を見るとちょうど午前三時。まだまだ夜は明けない。

その時、キッチンカウンターの上の固定電話からいきなり着信音が鳴り出した。反射的に受話器に手をのばす。ハナが起きてしまわないようになるべく早く。自分の「もしもし」というかすれ声が、他人の声のように聞こえた。返答はない。一瞬のためらいとも感じられる間を置いて、電話は切れた。

こんな時間に誰だろう？　ハルではないはず。彼が旅先から電話してきたことは、ただの一度もない。たまにラインのメッセージが入る。だいたいは「僕のカナとハナは元気？君たちの夢を見た。会いたいよ」というような定型文だ。

通話履歴を確認すると非通知となっていた。いったい誰がかけてきたんだろう？　いたずら？　嫌がらせ？　電話器は薄暗いキッチンで何事もなかったかのように押し黙っている。その代わり、自分の心臓がバクバクしているのが聞こえる。

急いで寝室のベッドに戻り、ハナをそっと引き寄せる。静かな吐息。柔らかい頬に自分の頬を押し付け、絹糸のような髪を撫でる。シャンプーの匂いにかすかに別の匂いが混ざっている。甘いようなすっぱいようなハナだけの匂い。赤ん坊は母親の匂いを識別できるというけれど、母親も自分の子どもの匂いがわかるに違いない。

猫のようなつり目に、長いまつげ。ほんの少し開いた口から、小さな白い前歯がのぞいている。ふっくらとした頬に、ぷつっと赤く腫れた跡がある。三日前の夜中、「ぷーん」という音で目が覚めた。真冬に蚊？　気のせいだろうと思ってそのまま眠ってしまったが、翌朝ハナの頬に虫刺されの跡を発見した。

こんな季節に蚊はどこからやってきたのだろう？　前の週、ハルはマレーシアから戻ってきた。スーツケースに熱帯の蚊が紛れ込んでいたってことがありえるだろうか？　その蚊が何か悪い病気を持っていたら？　日本脳炎とかデング熱とかマラリアとか、インターネットを検索すると、蚊が媒介する恐ろしい病気がいろいろと出てくる。日本ではほとんど見られない珍しい病気が外国にはあるのだ。

客室乗務員として働いていた頃、世界はわくわくするような探索の場所だった。それが今や世界中に危険があふれていると感じる。ハナが生まれてから五感がとても敏感になって、あるのかないのかわからないような危険まで感知するようになってしまったからだ。

そこに暴れ馬のような想像力が働き出して、あらぬことまで心配になってしまう。青いトカゲや白い車は、自分の不安の産物に過ぎないのかもしれない。

問題は、この漠然とした不安に根拠があるのか、あるいは単なる疑心暗鬼なのかがわからないことだ。だから、ハナの寝顔を見ているといつも泣きたくなる。この子を守らなくては。絶対に。でも、どうやって？　どうしたらこの子を守っていけるだろう？

午前三時の着信。電話の向こう側には、きっと悪意を持つ誰かがいる。でもその姿は想像もつかない。

3

正直、面食らった。今までこれを何回やったのか自分でも憶えていないが、たぶん百回は超えている。ワン切りならぬツー切り。寝入っている相手が目を醒まし、とまどっているタイミングで切る。だから、今まで電話口に相手が出てきた事は、ただの一度もなかった。

あの反応の良さは何なんだ？　眠っていなかったのか？　オレみたいな昼夜逆転の人間

ならともかく、主婦でもやってんだろ？　何でこんな時間まで起きてんだよ。まるで無敗の記録に泥を塗られたような気分の悪さだ。これじゃすっきりしない。東京都・代官山在住の山崎香奈子だか中村香奈子だかよ、どうしてくれるんだ？

4

不審電話の翌日、香奈子はハナをベビーカーに乗せて区役所へ向かった。離婚届の用紙をもらおうと思った。離婚したいのかどうかもわからない。ただ逃げ道を確保しておきたいという気がした。せめてものお守りのように、それを持っていたかった。

夫のハルに対して抗い難いものを感じたのは確かだけど、彼を一度でも愛したことがあったのだろうか？　そして、ハルはどうして自分と一緒になったのだろう？　この二年間、潜在意識でずっと知っていたことをしぶしぶ認めるならば、彼が自分を愛したことはない。

始まりは、バイキング形式の婚活パーティ。同僚に女性メンバーが足りないからと連れて行かれて、所在なげに立っていた香奈子に彼は椅子をすすめてくれた。長身に仕立ての良いダーク・グレーのスーツ。日本の男にはありえないマナーが板についていた。微笑みも完璧と言いたいところだったが、俳優のお愛想笑いのような作為的なところが少しばかり気になった。

「僕の日本語おかしいでしょう？」と彼は聞いてきた。

「そんなことないけど……外国の方なんですか？」と、香奈子は言葉を選びつつ答えた。

「曽祖父が九州からアメリカに渡ったので、僕は日系の四世です。でも、高校と大学は日本です」

香奈子は子どもの頃に父親の仕事の関係でニューヨーク近郊に住んでいたと教えた。

「ああ、それでフライトアテンダントなら、英語話せますね。でも僕、日本の女性は日本語を話す方が好きです。やわらかな感じがするから」

結局、出会いから今の今まで、二人の会話は日本語だった。

翌週、初めてデートをした。軽い恋愛映画を見た後にイタリアン・レストランで食事をするという定番コース。香奈子は彼のちょっと古風な雰囲気に合わせた秋色のワンピースを着て出かけた。

　次の週末は、台風一過の穏やかな日だった。午後遅く、香奈子が待ち合わせ場所の原宿駅の改札から出ると、彼がスマホを見ながら立っているのが見えた。白いTシャツに黒っぽいカジュアルなジャケットを着て、どこか浮世離れした王子様然としている。あの人が自分のデートの相手だなんて信じられない。周囲の人々に自慢したいくらいだった。

「どこに行きたいですか？」と聞かれて、香奈子は散歩したいと答えた。代々木公園を巡り、表参道へと足を延ばす長い散歩をした。店を冷やかしたり、カフェで休んだりしながら、二時間以上も歩いただろうか。多くを語らず、多くを尋ねず、彼は相変わらず物静かだったが、それでも香奈子が疲れていないか、退屈していないか、まだ足に馴染んでいない新しい靴が痛くないか、あれやこれやと細やかに気遣ってくれた。

　日が陰り始め、靴ずれが痛み始めても、香奈子は顔に出さずに歩き続けた。この散歩がずっとずっと続いて欲しかった。彼と親密になりたいのかどうかはまだわからない。かと言って、離れるのも嫌だった。こうして浮遊するように一緒にいるのが一番良かった。

「もしかして、足、痛いんじゃないですか？」

　彼が靴ずれに気付いた時には、マメが潰れてストッキングに血が滲んでいた。彼は香奈子をカフェに置いたまま、「ちょっとコンビニで絆創膏を買って来ます」と言って、足早に去っていった。その後ろ姿になぜか胸を突かれた。彼の後ろ姿は、さっそうとした正面よりも、ずっと雄弁という気がした。

カフェに座って彼を待ちながら、夜になってむしろ賑わいが増した街を行き交う人々を眺めていた。いつもと風景が違って見える。空気はいつもより澄んでいて、街の灯りは明るさを増していた。通りを行く人たちの足取りは、映画かなにかのシーンのように軽やかだった。世界が変わって見えるのは恋に落ちたせいなのだろうかと、他人事のように思った。

また次の週末、ハルの白いミニ・クーパーで夕暮れの首都高をドライブした後、誘われるままに彼のマンションに行った。

モノトーンで統一された広い1LDKは、まるでホテルの一室のようだった。ソファやテレビやベッドなど家具調度は整っているのに、あまりにも生活感がない。住人の人となりをまったく語らない無機質な部屋。「出張が多いから、あまり家にいないんです」と、彼は言い訳するように言った。

大きな黒い皮のソファで彼が入れてくれたコーヒーを飲みながら、隣に座ってマグカップを持つ彼の手を眺めていた。ごつくはないけど筋張っていて男らしい手だと思った。

コーヒーを飲み終わった時、当然のことのように香奈子は彼のキスを受け入れた。

両腕が背中に回されて、自ら脱いだストッキングで手首が束ねられた。結び目はごくごくゆるかったし、伸縮性のある素材だから少しもがけば手は自由になる。嫌ならば逃れることは簡単だった。だから、それをしないことが明らかな意思表示になった。

なかなか縮まらない彼との距離を、どんな手段を使ってでも縮めたかった。それを欲望というなら、そうだったのかもしれない。

あの時、そしてそれからしばらくの間、香奈子はもの静かでミステリアスなハルに夢中だった。彼は終始冷静で、自分に対して熱い気持ちはまったく見せない。それなのに、どうしてマメに誘ってくるのだろう？　どうして二人きりの暗い部屋で自分を求め続けるのだろう？　俗に言うセフレ扱いなのだろうか？

そうであっても、香奈子は彼に会いたかった。ハルが出張で二週間会えなかった時には、明けても暮れても彼に会いたいとそればかり考えていた。ろくにモノが食べられなくなり、それまでは映画やドラマでしか知らなかった恋煩いというものを初めて経験した。

二週間ぶりにハルの部屋を訪れた時には、彼を驚かせるほどの情熱を見せたのだった。

避妊をしていなかったので当然と言えば当然なのだが、出会いから三ヵ月もしないうちに香奈子はハナを宿した。妊娠を告げた時、ハルは喜びも動揺も見せずに、「オッケー、じゃあ結婚しよう」と言った。

代官山のマンションに引っ越して一緒に住み始めた時、香奈子はあまりハルのことをよく知らなかった。日系四世のアメリカ人で誕生日は四月五日、年は三十一歳。十代の頃から日本で暮らしていて、家族は母親だけで、アメリカにいるけど今は疎遠になっているらしい。化粧品を扱う貿易関係の仕事をしていて、アジア方面への出張が多い。最初に会った時のプロフィール以上のことを聞くと、彼はいつも慎重に会話をはぐらかした。

それから二年が過ぎたけど、香奈子は夫のことがいまだにさっぱりわからない。メキシコ料理に目がないとか、意外と甘いもの（特にクレム・ブリュレとチーズ・ケーキ）が好きだとか、寝る前には退屈そうな古典小説を読むとか、毎晩のように筋トレをするとか、疲れると旅番組をぼーっと見ているとか、蜘蛛やゴキブリが大嫌いとか、意外と子どものあやし方が上手いとか、漢字は日本語ネイティブの半分くらいしかわからないとか、そういう断片をつなぎ合わせても、まだ彼という人間の全体像が見えてこない。

彼はキャッシュ・カードを一枚渡してくれて、香奈子はそれを自由に使える。口座の残高はいつもほぼ一定で、百万円前後に保たれていた。不自由のない生活をさせてもらっているとは思う。でも、口座のお金がどこからどうやってくるのかさえも香奈子は知らない。ハルは仕事の話はほとんどしないのだ。

たまの休日に三人で近くの公園に出かけ、彼がハナを抱き上げて頬ずりする時など、幸福感に似たものが目の前をかすめる。父親に〝高い高い〟されて、ハナは「キャッキャ」と転がるような声で笑う。それを幸せと言わずして何と言うのだろう。でも、香奈子はそれを捕まえることができない。手を伸ばした時にはもう通り過ぎて行ってしまう。

本当に人を愛するためには、相手を知らなくてはならない。ハナを産んでから、それを実感した。香奈子はハナのことなら何でも知っている。びっくりした時に口をすぼめたりするような小さな癖。お腹の小さなほくろ。腕のアザ。喜怒哀楽も体の調子も手に取るようにわかる。こんなふうにハナのことを熟知しているからこそ、ハナが他の誰とも違うユニークな存在だと思える。でも、ハルのことはそんなふうには思えない。

「私は代償を払っている」と最近よく思う。よく知りもしない相手と恋に落ちたと錯覚して欲望に引きずられた代償。性急で向こう見ずな結婚に走った代償。勘違いと自己欺瞞の代償。真実を突き詰める勇気がなかった代償。愚かさのツケはいつか払われなくてはならない。

　区役所が向こうに見えて来た。信号待ちの交差点でベビーカーのハナの様子をうかがうと、何かにじっと耐えているように前を見据えている。一歳半ですでにその横顔は強固な意志を感じさせる。北風にさらされて赤くなった頬に触れると、驚くほど冷たい。「ほっぺ、冷たいね」と言いながら、両手で頬を包み込むと、ハナはくすぐったいのか、コロコロと声を出して笑った。

　その笑い声ですべてが救われるような気がした。自分がどんなに愚かで、どんな代償を払うことになるにしても、愚かさゆえにこの娘を得ることができたのだから、その愚かささえも良しとしなくてはならない。

5

　区役所で離婚届の用紙をもらった。ついでに戸籍謄本も取ってみようと思い立った。実は、結婚後にどのような戸籍になっているのか見たことがなかった。ハナが生まれる二ヵ月ほど前に慌しく入籍しようということになったのだが、香奈子はその頃切迫早産で入院していたため、役所に行って婚姻届を出すようにハルに頼んだのだった。さらに彼はアメリカ大使館でも手続きをしたはずだ。そして、ハナが生まれて数日後に出生届を出しに行ったのもハルだった。

外国人と結婚した場合は、日本人配偶者を筆頭とする戸籍が作られて、そこに夫の名前が記載されるということはその時調べて知っている。便宜上中村という姓を名乗っているものの、いまだに香奈子の戸籍名は山崎だ。

「山崎さん」と呼ばれて窓口に行き、所定の金額を支払って、戸籍謄本を受け取った。その戸籍があまりにもあっさりしていることに香奈子は戸惑い、その意味がしばらくのみこめなかった。戸籍の筆頭者は香奈子で、ハナはその子どもとして記載されていたが、米国籍のスティーヴ・ハルキ・ナカムラの文字はどこを探しても見つからなかった。役所の書類に関する限り、山崎香奈子の夫は存在しない。ハナの父親も存在しない。香奈子の戸籍は未婚の母のそれだった。

結婚もしていないのに離婚届をもらって来てしまった。なんて間抜けな話だろう。それに気付いたのは家に帰ってからだった。

男が婚姻届を出していなかったというのは、常識的に考えれば、別に家庭があるということだろうか？　二重生活を送る既婚者？　だとしたら、彼の頻繁な出張も説明がつく。とっさに高校生の頃に読んだ『ジェーン・エア』を思い浮かべた。

香奈子は最後の望みをつないだ。彼は嘘つきだけど、もしかしたらちゃんとした理由があるのかもしれない。ジェーン・エアが愛した人のように。


六日後、帰宅したハルに戸籍謄本を見せて言葉を待った。手にした紙片をじっと見つめたまま彼は押し黙った。漢字を読むのに苦労しているのか、言い訳を考えているのか、それとも言い出しにくいことを言い出せずにいるのか？　香奈子は表情から読み取ろうと彼の端正な顔をじっと見つめた。ポーカーフェイスからかすかに滲む明らかな苦悩。それ以外のことは読めない。

「それで？」

「ごめん。ハナが生まれるまでに、必要な書類が準備できなかった」

香奈子に促されて、彼はやっと口を開いた。

「どんな書類？」

「出生証明書とか」

「それで、もう二年近くそのまま？」

「そのままの方がシンプルだから。君やハナのためにも、その方がいいと思った」

「シンプル？」結婚しない方が、よほど訳ありで複雑じゃないの？

「君にまだ話していないことがある。僕の家族のこととか……」

「家族？　別に奥さんがいるの？」

彼は心底驚いた様子で「まさか」と言った。「ある意味、それなら話が簡単だ。離婚すれば別れられる。だけど親はそうはいかない」

「親？」意外な答えに驚いた。

「うん、僕の母親はちょっと変わってるから……そのせいで君に迷惑をかけたくない。信じてほしいんだけど、今のところはこれがベストなんだ。詳しいことはまた今度でいいかな。今日はとても疲れた」

香奈子はそれ以上追及しなかった。〝妻〟としては、別の家庭というシナリオよりも親の問題の方が、それが何であれずっと受け入れやすかった。

6

夫（と思っていた人）の脇で香奈子は浅い眠りについていた。半開きになった寝室のドアの向こうで電話が鳴っている。体を起こしたところで電話は切れた。午前三時。あの時と同じ。しかも、ちょうど一週間前。

ハルも目を覚まして、薄目を開けながら「何？　電話？」と聞いた。

「うん。先週も同じことがあったの。午前三時の電話。非通知で、出ると切れた」

「いたずらだろう？　非通知ブロックにしたら？　なんなら明日僕がやってあげるよ」

再び眠ってしまったハルのどこか無防備な顔を穴が開くように見つめる。あとは何を隠して、どんな嘘をついているのだろう？　それに度重なる不審電話。深い霧の中に入り込んだように心細くなる。

香奈子はそっと身を起こして寝室から出ると、廊下を隔てたハナの部屋に滑り込んだ。ハルが不在の時はハナと一緒に寝室のダブルベッドで眠るのだが、彼が戻るとハナは子ども部屋の柵のついたベッドで一人寝だ。

ほんとうはいつもハナと一緒に寝たかった。電話の向こうの悪意からハナを守らなければ。ハルは信用できないし、ハナから一時も目を離したくなかった。香奈子はハナのベッドにもぐり込むと小さな体をかき抱き、その甘酸っぱい香りを吸い込んだ。

7

最初の電話から一週間後の午前三時ちょうどに、発信音を二度鳴らして切った。今度は成功した。ザマアミロ、中村香奈子。

オレは想像をめぐらす。瀟洒なマンションの一室。ダブルベッドで夫の腕に抱かれて眠る女。夫は青年実業家か、いい家のボンボン。おそらくは寝る前にセックスして熟睡中。そこに電話が鳴る。鳴って切れる。夫婦でびっくりしただろう。二週連続だから、なおのこと驚いたはずだ。怖がって夫に訴えたりしたのではないか。ザマアミロ、中村香奈子。あんたに罪はない。ただ、あんたみたいな女は、存在自体がむかつくんだ。

8

二度目の不審電話の夜から数日後、ハルが婚姻届の件をろくに説明もしないまま出張に出かけていった翌日の午後のこと、珍しくブザーが鳴った。昼寝中のハナが目を醒ましてしまうと苦々しく思いながら香奈子がインターフォン越しに答えると、「こにちは、わたし、ハルのハハです」と、外国なまりの透き通るような声が聞こえた。

ハルが「僕の母親は変わっているから」と言っていた母親の突然の来訪。カメラに映ったその姿に目を疑った。白っぽいスーツに青みがかった紫のインナーというでたちで悠然とした笑みを浮かべているその女性は、まるで女優のようだ。どうしてこの人が三十三歳のハルの母親でありえるだろう？

香奈子は戸惑いのあまり、ろくに返事もせずにオートロックを解除した。しばらくすると戸口でノックの音がしたのでドアを開ける。

「カナコさん？　とつぜん来てごめんなさい。びっくりしますね。わたしはリリーです」

ハルの母を名乗る女は華やいだ微笑みを投げかけてきた。

「あまりにもお若いので……」と、香奈子は口ごもる。

「わたし、十五歳の時にハル産みました。だからみんなお姉さんですかといいます」

完璧すぎてフェイクにさえ見える歯並び。肌は張りを失っていないし、つややかなピンク系のルージュをひいた唇はふっくらとしており、セミロングの黒髪は豊かに波打っていた。驚くほど長いまつげに縁どられた瞳は、黒というより群青のような深い色だった。

香奈子は固く凍りついた。大輪の花のような芳香を漂わせているこの女性の前では、どんな女だって自分がくすんでいると感じるに違いない。

この女を招き入れる以外の選択肢があっただろうか。あったとしても、香奈子は思いつかなかった。ハイヒールから小ぶりな足が顔を出すように現れる。足までが完璧に愛らしい。キュッとしまったウエストを強調するような立体感のあるスーツをこんなふうに着こなせる女性なんて、クラシックな映画でしか見たことがない。

「変わっている」と言うなら、確かにその美しさは尋常ではない。しかしハルが母親を避ける理由はそれではないはずだ。いったいこの女はどこがどう変わっているのだろう？

リリーは居間に足を踏み入れるなり、そわそわとした様子で部屋を見回し、「わたしの孫はどこ？」と聞いた。「わたしの」が軽く強調された言い方に、香奈子は不快感以上のものを覚えた。

「今、お昼寝中なんです」

「寝てるとこ、見ていいですか？」

祖母を名乗る女に、ハナを見せないという選択肢もなかった。

「なんてかわいい！　ビューティフル！」

ベッドの上のハナに手を伸ばして髪を撫でるリリーを跳ね除けたい衝動に駆られる。ハナを起こさないで！　ハナに触らないで！


「ハルは元気？」

リリーは紅茶のカップをテーブルに戻しながら聞いた。香奈子はカップの縁に付いたピンク色の口紅の跡になんとも言えない嫌悪感を覚える。

「はい、今出張中ですけど、あさっての夕方には戻ると思います」

「わたしが日本にいること、ハル知りません。嫌がるから。でもわたし、息子や孫の近いところに住みたいです。わたし病気になりました。がん。ここの」

リリーはそう言いながら、左胸を撫でた。

「アイム・ソーリー」思わず英語が口を突いて出た。

「秋にシュジュツしました。お医者さんは大丈夫って言うけど、わたし信じられません。だからハルと話をしたいです。知ってますか？　ハルは大学卒業してからわたしの会社の仕事しています。コスメティックスの会社です。アジアのマーケット広げるミッションをしてます。でももう二十六歳だし、アメリカに戻って会社を継ぐこと考える時です」

「二十六歳？」

「ああ、ハルはウソ言いましたね。彼、自分がいくつと言ってましたか？」

「三十三歳……」

「あなたに大人と思って欲しかったのでしょう。でもウソはダメね」

香奈子は慌てて暗算をする。二十六＋十五。ということは、この人はまだ四十ちょっと。自分と十歳ほどしか違わない姑ということになる。

香奈子の戸惑いを見透かしたように、リリーの口元にかすかな笑みが浮かんだ。それはともすると嘲笑のようにも見えた。

「カナコさんはハルより年上ですか？　彼は年上の女性が好きです」

香奈子が押し黙ってしまったので、リリーは続けた。

「エニイウェイ、わたし、ここ来たのはお願いのためです。わたし病気なので、ハルにビジネス教えたいです。ハルとハナとあなたとみんなでアメリカ来てほしいです。カナコさんが好きな家を買ってあげます」

「すぐにお返事はできません」

リリーは物分かりよさげに頷いた。「オフコース。考える時間が必要です」


その時、ハナの部屋から「うっ、うっ」っと、ぐずる音が聞こえてきた。リリーの反応は素早かった。香奈子を押しのけるように部屋に飛び込み、ベッドからハナを抱き上げた。すると、ハナはまるで火が付いたように泣き出した。顔がみるみるうちに赤くなる。

「ハナ、ハナ、グランマよ。あなたのおばあちゃん」と、リリーは頬を紅潮させて必死にあやそうとするが、ハナの泣き声は一段と大きくなり狭い空間を引き裂く。

「お腹がすいているので」と、香奈子はリリーの腕から奪うようにハナを取り上げた。「すみません、ちょっと授乳します」

ベッド脇の椅子に腰掛けてセーターをたくし上げると、ハナは小動物のように吸い付いてきた。凝視するリリーの顔が、苦痛に打ちのめされたように醜く歪む。一瞬の変容は、完璧な美というのがどんなに危ういバランスの上に成り立っているのかを知らしめる。が、次の瞬間、リリーの顔は素早くバランスを取り戻した。

「ハナはパパ似ですね。ハルも、五歳までおっぱい吸ってました。わたし、あっちで待ってます」リリーは余裕さえ感じさせる笑みを浮かべて、居間に消えた。

授乳が終わり、ハナを抱いたまま居間に戻ると、リリーはソファでスマホを手にしていた。コーヒーテーブルに袋が二つ置いてある。

「今日はカナコさんびっくりさせてごめんなさい。そろそろ帰ります。おみやげ最後になりました。これは、リトル・ベア・フォー・ハナ！」

リリーが袋からテディベアの小さなぬいぐるみを取り出してハナに差し出すと、ハナは胸に当てて抱きしめた。おっぱいを飲んだので機嫌がいい。

「オー、なんて可愛いのかしら。アイ・ラブ・ユー、ハナ」

リリーはそう言うと、ハナを香奈子の腕から取り上げて抱いた。今度は、ハナは泣き出さなかった。

「カナコさんにはこれ」リリーは右腕でハナを抱いたまま、左手でコーヒーテーブルから小さな紙袋を拾い上げると、香奈子に手渡した。「私の会社のナイトクリームです。プレミアム商品で日本では売っていません。でも使ってみて。朝起きるとお肌がピンピンします」

リリーが「シー・ユー・スーン」と笑顔で去って行った後、香奈子は彼女の毒気に当てられたかのように、しばらくソファでぼーっとしていた。

ハルは二十六歳の若造だった？　しかも、彼がセールスしているのは、母親の会社の製品だという。なんで教えてくれなかったのだろう？　彼はなぜ隠し事ばかりするのだろう？

つまりこの二年近く、香奈子やハナの生活費の出どころはリリーの会社だったというわけだ。自分は、リリーに食べさせてもらっていたことも知らずに、一等地のマンションに住み、ブランド服を着て、食べたいものを食べていたのだった。

9

夜ハナが寝入ってから、香奈子はリリーからもらった化粧品の袋を開けてみた。光沢のある黒地に細いブルーとシルバーの直線的デザインがあしらわれた箱が現れた。Blue Lizard premium night cream, Lily special と小さな印字がされている。

ブルー・リザード？　つまり、青いトカゲ？

箱を開けた瞬間、香奈子は思わず悲鳴を上げて、それを床に投げ出していた。背筋を冷たいものが通り抜け、恐怖が心臓を鷲づかみする。

箱の中にアレがいた。ハナが生まれる前に伊豆で会ったあの怪しい女がつけていたものとそっくりの小さな青いトカゲ。その後も何度か目撃したあの青いトカゲ。それが、ナイトクリームの蓋にはりついている。正確に言うなら、蓋のデザインの一部として、青いトカゲがあしらわれているのだった。

やっとわかった。青いトカゲは香奈子の思い過ごしや妄想ではなく、リリーが経営する実在の会社の社名であり、商品名であり、商標だったのだ。ハルは自分が働いている化粧品会社の名前は、ブルー・リリーだと言っていたが、それもまた嘘だった。なんでそんな嘘をつく必要があったのだろう？

パソコンの前に座り、震える指で検索ワードにBlue Lizardと入れてみる。

最初に出てきた会社の公式サイトを開くと、悠然と微笑むリリーと青いトカゲがあしらわれたトップ・ページが出てきた。会社概要によると、フロリダが本拠地で、創立は九年前。急成長中で、特にアジア地域でシェアを増やしている。特徴的なのは役員が全員女性であること。そして、女性の自立や就労支援に力を入れている。

〝アバウト・アス〟というページには、社長のリリー・ナカムラが語る社名の由来が書かれていた。

「私は十五歳で、途方に暮れていました。誰も頼る人がおらず、彷徨っていました。そんな時、草むらで青いトカゲを見かけました。見るからに弱っているその小動物は、私の側を離れなかった。死にたいと思い詰めている私の側にずっといて、一晩一緒に過ごしたのです。トカゲは朝になると奇跡のように元気になって、草むらに姿を消しました。その色はもはや青と言うよりも鮮やかな緑だった。青いトカゲは幻想だったのでしょうか？　その時、何かのお告げのように『生きなさい』という声が聞こえたような気がしました。私はもはや死ぬことを考えませんでした。生き抜くことを決心したのです」

思い入れが強く、独りよがりな文章という気がした。

〝ギャラリー〟というところをクリックすると、リリーの写真がちりばめられていた。講演会やチャリティー・イベント、有名人とのツー・ショットなどの中に混じって、川辺に立つリリーと小さな男の子の写真があった。幼いハルと思われる子どもの手をつないだジーンズ姿のリリーからは、現在の洗練の代わりに圧倒的な若さが溢れ出ている。

さらに公式サイトでは、化粧品の他に幸運を呼ぶ青いトカゲとしていろいろなグッズもオンラインで販売していた。ネックレスや財布やスマホケース……。そして香奈子が伊豆の温泉で見た髪留めやハナの誕生日にお菓子屋の駐車場で見かけたブレスレットも。

あの女たちはリリーの関係者だったのだ。何の目的かはわからないけど、私たちのまわりをウロウロして監視していた。

Blue Lizard についてさらに検索していくと、シワやシミに効果抜群というレビューや社長のリリーの講演会の案内などに混じって、cult-like（カルトのような）とか、radical feminism（過激なフェミニズム）とか、mysterious ingredients（あやしい原材料）といった言葉が散見された。

どうもリリーの会社は、フェミニスト・グループの性暴力被害者の救済活動にお金を出したりする一方で、男性に対する憎悪を煽るような過激なフェミニズム運動に傾倒したりしているようだ。

カルト……。なんとなく腑に落ちた気がした。伊豆で出会った女性の表情に違和感を覚えたのはそれだったのではないか。妙に堂々とした上からの目線。物おじしない態度。今思えば、なんらかの信仰に支えられた人ならではの迷いのない落ち着きみたいなものがあったような気がする。

リリーと青いトカゲが結びついた。今まで自分を苦しめてきた漠然とした不安は、根拠のないものではなかった。恐怖の正体が見えたのだ。リリーとリリーの会社。リリーとリリーの周辺。彼らはスパイのように自分やハナを監視していた。嘘つきのハルもその一味なのかもしれない。

「カナコさんの好きな家を買ってあげます」とリリーは言った。お金のパワーにモノを言わせて、私たちをアメリカに連れて行って支配下に置こうとしているのではないだろうか？　リリーがハナを見る目付きには、物欲しげでぞっとするものがあった。

このままだとハナを取られそうだと、恐怖が波状的に大きくなって襲ってくる。あの怪しげな母と息子から逃げないとハナが危ない。ここから逃げ出さなくては。明日ハルが帰って来る前に。

ハナの寝息を聞きながら最低限の荷物をリュックにまとめた。まんじりともせずに夜を明かし、六時になるのを待ってタクシーを呼び、眠いところを起こされて大泣きをしているハナを抱っこひもで抱いて乗り込んだ。

「東京駅」と告げると、初老の運転手は夜勤明けなのか、不機嫌そうに返事もせずドアを閉めた。

10

一週間後、もう一度、中村香奈子に電話してみたら、「お客様の都合でお繋ぎできません」というアナウンス音が聞こえて来た。非通知ブロックをされたらしい。

午前三時の電話にびびったのは確からしいと軽い手ごたえを感じた。セレブを気取る女の日常をおびやかし、ちょっとは動揺を与えることができたのか？　それだったら、作戦成功、ささやかな勝利ってことだ。ならば、もっと喜べと自分に言ってみるが、たいして嬉しい気分になれないのはなぜだろう。

第二章　監視

不動産業者・長沢宏子の話

「ああ、あの赤ちゃんを連れた女性ですね。育ちがいいって言うか、品がいいって言うか、着てるものとか見てもお金に困っているようには見えなかったけど、とにかく安い物件を紹介してくれって。で、学生でさえ敬遠するような築三十五年の物件が空いていたんで、紹介しました。ユニットバスと小さな流しが付いた六畳一間で家賃は三万五千円。東北の冬を凌げるような部屋じゃないんです。エアコンは付いてないし、灯油やガスストーブは禁止だから電気炬燵でも買ってくださいとお願いしました。でも、正直炬燵一つでは暖まらないだろうし、小さいお子さんもいるんで、家で余っていた電気のパネルヒーターを貸しました。

なんか事情がありそうでした。暴力を振るうダンナさんから逃げてきたのかしらとか思って、本当は保証人立てなきゃいけないんだけど、ずっと空いていた物件だったし、大家さんに話して良きにはからってもらったんです。これから仕事を探すって言っていましたね」

1

香奈子は十数年ぶりに戻った町をハナと歩いていた。よちよち歩きのハナは、ちらついてきた雪にはしゃいで飛びつき転びそうになる。自分の意思で動きまわるすべを得たばかりで、それが嬉しくて仕方がないというように心の趣くままに動く。言葉も通じない一歳から二歳くらいが、一番目が離せない時だって誰かが言っていた。香奈子の視線は、常にハナと共に動く。

通りは一見あまり変わっていないように見えたが、あちらこちらにシャッターを閉めた店が目に付いた。郊外の大型小売店に客を奪われてしまったのだろう。人通りはまばらで、生き残っている専門店を細々と守っているのは、きまってというように白髪の背が曲がった人たちだった。もともと活気のある土地柄ではないが、人が年を取るように目に見えない速度で衰退が進行しているようだ。

この町に来て香奈子がまずやったことは、外見を変えることだった。ハルの趣味に合わせてきた外見――ゆるやかにウェーブしたセミロングの髪、綿密ながらもナチュラルに見えるメイク、フェミニンで上質なブランド服――から離れて、できる限り別人になりたかった。

・ショッピングセンターに行って、そこの眼鏡屋にあった一番安い眼鏡を買った。次に同じ建物内の格安衣料店で、自分用にジーンズと地味な色のフリースとダウン、それにハナのフリースやダウンやスパッツを買って北国の寒さに備えた。
それから美容院に行こうかと思案し、諦めた。最近とみに活発になったハナが髪を切る間大人しくしているとは思えなかったし、何よりカット代が惜しかった。代わりに百円ショップで鋏を買った。

安ホテルの部屋でハナが昼寝中に、ヘアカットに挑戦した。ショートボブの線を狙い、あごの線を目安にざくざくっと切って、下のほうを梳《す》いて軽くしてみた。前髪も日本人形のように下ろした。後ろの方はかなりいい加減だと思うが、素人にしてはまあまあの出来だった。バドミントンの部活をしていた中学生の頃のおかっぱ頭に似ていないこともない。

新しい髪型にすっぴんの顔。そこに眼鏡をかけて、ニット帽を被った。鏡の中の自分に満足した。これなら東京でハルと暮らしていた女とは似ても似つかない。

家賃三万五千円の部屋を借りて、布団のセットと小さな冷蔵庫と電気炬燵を届けてもらい、ハナと二人の新しい生活が始まった。不動産屋のおばさんが電気のパネルヒーターを貸してくれたけど、スイッチを入れて数分でブレーカーが落ちてしまった。この安アパートでは使えない代物だということがわかった。

二人ともずっとフリースとダウンを着て過ごす。幸い日当たりは良かったので、部屋の奥まで差し込む陽の光が何よりもありがたかった。夜はしっかりとお風呂で暖まった後、ペットボトルの湯たんぽを二つ布団に入れて眠りに就いた。そして三個目の湯たんぽのようなハナを一晩中抱いていた。

2

ありえないことなのだが、彼女に遭遇した。旧姓・山崎香奈子に。

代官山の彼女の家に電話して、あのかすれた「もしもし」を聞いたのは、確か二月の初めだった。二度目に電話したのはその一週間後。さらに一週間後に電話したらブロックされていた。そしてまだ二月が終わっていないのに、東京から何百キロも離れた地方都市のコンビニに彼女がやってきた。まるでオレの電話に引き寄せられたみたいに。

山崎香奈子は、底冷えする早朝、ガスかなんかの請求書を持って出現したのだった。ジーンズに紫のダウンというユニクロ風の格好。代官山でセレブを気取っているのだろうというのは、オレの妄想だったのか？　さえない眼鏡をかけて、中学の頃の山崎香奈子とほとんど変わっていなかった。胸に抱いた赤ん坊と、化粧っ気のない肌が張りを失っていることだけが、十五年という時の流れを感じさせた。

　幸い学生バイトが対応してくれたので、オレはそそくさと店内に逃げて、棚の整理をするふりをして彼女の視線を逃れた。オレは高校に入ってから声変わりするようなタイプだったから、面と向かっても同級生のマメオだなんて気づかれないだろうとは思ったが、名札を見たらおやっと思うかもしれない。不慣れな新米バイトが、「遠藤さ〜ん、すみません」とか声をかけてくるのではないかと、内心ひやひやしていた。

　ついでという風におにぎりを二個とヨーグルトを買った山崎香奈子が店を出て行ったのを確かめてから、大学生バイトの目を盗んでさっきの請求書をちら見した。驚いたことに、彼女は旧姓の山崎に戻っていた。名簿では中村だったのに。ということは離婚したのか？　オレはもう一度請求書に目をやって、素早く住所を記憶した。

3

香奈子はため息をつきながら、飽きずに雪とたわむれるハナを見ていた。コンビニでガス開通の料金を払い、お昼のおにぎりとヨーグルトを買ったら、財布には五百円ちょっとしか残っていない。一週間五千円でやりくりするつもりなのに、もう四日目でこれだ。客室乗務員時代の定期預金が百万円、それに普通預金が思ったより多く残っていて四十万円ほど。もう最初の段階でだいぶ使ってしまったから、月十万円で生活して一年持つか持たないかという計算になる。それまでに、ハナを保育園に預けて仕事ができるようにしないと……。

外に出たのは三日ぶりだった。よちよち歩きの子どもにとって六畳一間のアパートは狭過ぎるのだろう。ハナはしきりに外に行きたがる。今朝は六時に起きて「おそと！　おそと！」とせがむので根負けして出てきた。

コンビニの裏手に子どもたちにも見捨てられたような小さな児童公園が目に入った。ゆうべ降った雪が溶けかかっている。小さな雪だるまなら作れるだろうか……。

公園脇の通学路を、ランドセルを背負った小学生たちが大挙してやって来るのが見えた。甲高い声が行き交い、笑い声が弾ける。男の子たちは雪玉を投げ合っている。

あと五年したら、ハナはあんなふうにランドセルを背負って学校に行っているだろうか。今はそんな日が来るのは永遠の彼方のように感じられる。ハナを学校に送り出し、「お帰りー」と迎える。自分たちに、そんな日常がやってくることがあるのだろうか。

ハナと泥で薄汚れた小さな雪だるまを作った。

「お名前は？　ハナ？」

「ママ」

「ママ？」

「うん。パパもつくる。パパおうちくる？」

「パパはお仕事。ずっと遠くでお仕事なの」

代官山のマンションから逃げ出してから十日あまりになるが、不動産屋のおばさんを除けば、ハナ以外の誰とも話をしていない。今までになく母の事を思い出す。今のハナと自分のように、香奈子と母もいつも二人きりだった。

母は香奈子が妊娠六ヵ月の時にがんで亡くなった。一昨年の新緑の頃だった。そして、夏の真っ盛りにハナが生まれた。

香奈子は一人っ子で、銀行員の父は思い出す限りずっと仕事一筋だった。母と二人で夕飯を食べ、母と二人でテレビを見て、母と二人でお風呂に入り、母と二人で眠りについた。

父はというと、香奈子が寝ている間に帰宅して、朝はいつも食卓で新聞を広げていた。トーストとコーヒーの簡単な朝食を取って、七時三十分に家を出る。そして次に父の姿を見るのは翌日の朝の食卓。だから子どもの頃の香奈子にとって、父親とは一日十分、新聞の陰に隠れて食卓に座っている人でしかなかった。

香奈子が小学校の三年生の時、父の仕事の関係で一家はニューヨーク近郊の町に移り住み、そこで三年間を過ごした。慣れない外国で、母と香奈子はいっそう肩を寄せ合って過ごした。一年ほどすると香奈子の英語が上達して、母の代わりに学校や近所との連絡を受け持つようになった。

「英語では娘に頼りっぱなしなの」と、母は日本の友人に電話する時どこか自慢げに教えていた。あの頃は母に頼りにされていると思い、いい気になっていたものだ。

一心同体のごとくにいつも一緒の母と娘。父が仕事にのめり込んだためにそうなったのか、それとも母と娘の親密さが父を仕事に追いやったのか……。鶏と卵のようなものなのかもしれないが、香奈子と母の親密さは父との疎遠な関係と表裏一体のものだった。親しい友達ができなかったのも、母と仲が良過ぎたせいかもしれない。

高校時代の期末試験の最終日を思い出す。

「今日でテストが終わりだから、帰りに友だちと映画見て来る」と朝出がけに母に伝えた。

「あら、そうなの？　何の映画？」

「ディズニーの新作」

「夕飯までには帰るの？」

「みんなでピザ食べに行こうかって」

「あら、香奈ちゃんが好きなゴルゴンゾーラのチーズ、今日が賞味期限だったんだけど。ママのパスタは外で食べるより美味しいわよ」

母が一人でゴルゴンゾーラのペンネを食べている姿を想像して気持ちが萎えた。結局、「ちょっと家で用事があって」と言い訳して、レストランに入って行く友人たちの背中を見送った。ピザを食べながらのおしゃべりは大いに盛り上がるのだろう。香奈子はノリの良い方ではないので、「これでいいのだ」と自分に言い聞かせながら帰宅した。

思えば大学に入ってからもそんな調子だった。友だちと食事するとか、買い物に行くとか言うと、母の顔にちらりと寂しい影がよぎるような気がした。サークルの飲み会などで帰りが遅くなると、母は駅まで迎えに出てきた。母より親しい友人ができたら、母はきっと傷つく。香奈子は長い間、そんな風に母を傷つけることが忍びなかった。

客室乗務員の仕事を得て千葉の空港近くで一人暮らしを始めると言った時、母は少なからず動揺した。「家から通えばいいのに。忙しくて不規則でしょ。食事とかどうするの？」と懇願するように言う。「忙しいから、近い方がいいの」と、香奈子は譲らなかった。本音を言うと、母との関係が少しばかり息苦しく感じられるようになっていた。


母が病気になったのは自分のせいだったのではないか？　自分が家を出た寂しさが母の体を蝕んでいったのではないか？　もしかして母は命がけで寂しさを訴えていたのではないか？　香奈子は今でもその思いから逃れることができない。

就職して一人暮らしを始めてからも時間ができると実家に帰ったが、母はよく心身の不調を訴えては、「更年期だから、仕方がないね」と力なく微笑んだ。母が出し続けた

SOS。香奈子は感づいていたが、気付かないふりを続けた。表面上は仲良し母娘のまま、携帯メールやラインをしょっちゅうやり取りし、時には一緒に食べ歩きや温泉にも出かけた。仕事で海外に行くと更年期用のサプリをお土産に買って来た。

そんな日々が四年ほど続いたある日、母は子宮から大出血をして入院した。更年期の生理不順と思われていたものは、子宮の体部にできたがんだったことが判明した。すでに大腸や肝臓にもがんが広がっており、手術で取ることはできなかった。医者の見立てでは、一年が母に残された時間だった。

あの時、実家に戻るべきだったのだ。命が限られた母が何よりもそれを望んでいることを知りながら、その願いに応えないままやり過ごしてしまった。母の病気が発覚してから数ヵ月後にはハルと出会った。実家に戻ったらハルと自由に会えなくなる。当時の香奈子にとって、それは大き過ぎる代償だった。

母の最期の時に寂しい思いをさせて、ハルにうつつを抜かしていた自分。香奈子が心底母に謝りたいと思ったのはハナが生まれてからで、その時もう母はいなかった。

ハルと付き合い始めたのは秋口だったけど、それから半年近くも両親には打ち明けなかった。ハルは病気の母が安心するような人ではなかったし、父にいたっては反応がまったく読めなかった。

ハナがお腹に入り、仕事を辞めてハルと代官山のマンションに引っ越しをすることになった時、やっと覚悟を決めて彼を実家に連れて行った。入退院を繰り返していた母は自宅療養中だったが、後からふり返ると、それは自宅で過ごした最後の日々のさらに終わりに近い時期だった。母は凝った料理は作れなかったものの、寿司を取って、すまし汁とサラダを用意して待っていてくれた。

仕立ての良いスーツに身を固めたハルは、いつものように完璧なほどに礼儀正しかったけど、相変わらず曖昧なことしか言わない。母に「お仕事は?」って聞かれても、「化粧品関係で、セールスをしています」としか言わない。「ご出身は?」「アメリカの南部で生まれました」「日本語お上手ね」「初めて日本に来たのは高校の時で、九州の祖父の家に住んで高校に通いました」「ご家族は?」「祖父は亡くなり、今はアメリカにいる母だけです。しばらく会っていませんが」

抗がん剤による脱毛を隠すために青いターバンのようなものを頭に巻いた母は、ハルの一問一答の曖昧な答えに戸惑いの表情を浮かべていた。食欲もないのだろう。お寿司にはほとんど箸を付けていなかった。やつれた血色の悪い顔と暗いまなざし。あの時の母の顔を香奈子は忘れることができない。

無言で箸を動かしていた父は、一言だけ口を挟んだ。「で、その化粧品の会社はなんていうのかね？」

「ブルー……ブルー・リリーという会社で、アメリカの会社です。アジア方面のセールスを担当しているので、よくあちらこちらに出張しています。……香奈子さんには寂しい思いをさせるかもしれませんが」

「ブルー・リリー？　ブルース・リーみたいだな」父は歪んだ笑みを浮かべて言った。「聞いた事がないね」

「日本では競争が激しくてまだ限定的ですが、タイやフィリピンではかなりシェアを伸ばしています。日本はこれから……ですね」

その夜、香奈子は実家に泊まることにして、ハルを一人で帰らせた。

「あの男は真実味がない」ハルが帰るやいなや、父親は苦虫を嚙み潰したような顔でひとこと言い放つと、書斎にこもってしまった。

結局、妊娠のことは両親に打ち明けそびれてしまった。

母はそれからしばらくして緩和ケアの病院に入院し、一ヵ月半ほどして亡くなった。ある日病院に訪ねて行った香奈子のお腹がふっくらしているのに気付いた母は、ベッドから視線を投げかけて「女の子？　男の子？」と尋ねてきた。「女の子だよ」と教えると、「私がいなくなっても、もう一人じゃないね」と言って、手を延ばしてお腹を撫でた。そして、「あら、動いてる！」と目を輝かせた。

父はといえば、ずっと香奈子のお腹から目を背け続けた。母のお葬式の時だけ、親戚や会社の人の目もあるからと、香奈子とハルを夫婦扱いした。親戚のおばさんたちに対しては、「今どきのデキ婚ってやつですよ」と、豪快な風を装った。

母の四十九日の法要の時、香奈子は臨月に近い大きなお腹をかかえて一人で出席した。親戚には「夫は出張で」と言い訳をした。香奈子はそれ以来父と会っていない。ハナが生まれた時、病室で父に連絡しようかと迷い一度は携帯を手に取ったが、すんでのところでやめた。どうせ祝福されるわけもない。それでは赤ん坊が可哀想だと思った。

死期が近いお母さんを粗末にした自分。一人娘なのに親不孝だった自分。今ハナと二人こうして寒風に吹かれているのも、自業自得なのだという気がした。

4

暗記していた住所をグーグルマップで調べると、山崎香奈子の住居はオレのバイト先のコンビニから直線距離で北西に三百メートルほどのところにあった。実際に行ってみると、商店が立ち並ぶ通りから左に曲がってしばらく行ったところにあるボロアパートだった。断熱の悪そうな古びた二階建ての木造の建物。ほとんど家にいない独身者か学生ならともかく、幼い子が一日中過ごすにはどうなんだろう。うちよりもさらに寒そうな代物だ。

それにしても、彼女はなぜ中学時代を過ごしたこの町に戻ってきたのだろう？　どうして幼い子どもを抱えて貧乏暮らしをしているのだろう？　まさかオレに責任があるわけじゃないよな？　たった二回のイタズラ電話で人の人生を変えられるわけないよな？

朝コンビニの仕事が終わると、迂回して山崎香奈子のアパートの前を通り過ぎるのが日課になった。バイクなら五分のところを、二十分ほど歩く。夜九時半過ぎ、出勤途中は彼女のアパートの灯りを確認した。

朝には香奈子がゴミ出しをするのを何度か目撃した。彼女はいつもわき目もふらずにというふうに走って行くので、俺には目もくれない。今朝も、髪の毛を振り乱しゴミ捨て場の方に突進するように走って行ったかと思ったら、すぐに戻って来てアパートに向かって一目散に疾走していた。いい年をした女が、そんな風に慌てて走っている様子はちょっと異様だった。いったい何をそんなに急いでいるんだ？

5

ハルは、香奈子がゴミ捨てをする姿を見ていた。

ゴミの袋を片手にアパートの一室から飛び出してきたかと思うと、ゴミ捨て場にそれを置いて全速力で戻って来る。ハナからちょっとでも目を離すのが不安なのだろう。アパートは古くて何室も空き部屋になっていそうな代物だ。あんなところでハナをちゃんと世話することができるのだろうか？

香奈子は上手く変身したと思っているかもしれないが、髪を切って眼鏡をかけたくらいで、二年近く一緒に暮らし数え切れないほど体を重ねた相手がわからないわけがない。人の後ろ姿や歩き方というものは、驚くほど特徴的なものだ。彼女は自分の後ろ姿を見たことがないだろうが、彼はいつも見ていた。姿勢の良い躯体が、やや大きめの尻に乗っていて、その尻を軽く左右に振って心持ち弾むように走る。

「アイ・ワズ・ヴェリー・フォンド・オブ・ハー」とハルは心の中でつぶやいた。恋愛感情とは違うが、彼女のことは好きだった。ちょっと鈍感そうで間が抜けたところも、そよそよとした風情も、意外に芯がしっかりしているところも、彼との生活につきまとっていたであろう不安や寂しさを大げさに騒ぎ立てないところも、人のことをあれこれと詮索しないところも、みんな好きだった。彼女の健康的な食欲や性欲も好きだったし、ハナにぞっこんの母親らしさも好きだった。そして何よりも、未知の男との生活に飛び込んできた愚かなまでに向こう見ずなところが好きだった。自分としては、彼女には最大限の好意を持っていたのだと思う。ずっと一緒に暮らしてもいいと思うくらいに。今、彼女との生活をなつかしく思えるくらいに。

第三章　物語

マンションの管理人・沢口和夫の話

「三月の頭に二階の角部屋に引っ越してきた若い男のことは、不思議な人だと思っていました。中村春樹という名前で、何をやっているのかはわかりません。一応不動産屋の審査に通ったはずなんで、私が心配することではないとは思いましたが、何かひっかかるところがあって、ついつい中村さんの部屋が気になるんですね。

ほとんど外出せず、いつも窓辺で何かを書いている。論文でも書いている学生かなとも思いましたが、学生が家賃十三万円の3ＬＤＫに一人で住みますかね？　一度、通路の掃除をしていたら中村さんがドアを開けて出て来て、部屋の中がちらりと見えたんですが、見事に何もなかった。夕方になると自転車で出かけて行って、弁当かなんか買って来ているようでした。礼儀正しく挨拶はするんですよ。でも正直、どうしても警戒心を持ってしまいました」

1

香奈子は知る由もないだろうが、ハルにとって彼女は避難場所だった。母親のリリーやそのあやしい取り巻きから逃れ、自分の混沌に秩序を与える存在として利用したのだ。綿密に計画を練って実行したわけではないが、たぶんずっとシェルターを求めていて、香奈子が自分に恋心を抱いたと知った時、それを使えると直感したのだろう。善良で健康的で、何よりも自分の好みの女性ではないところが理想的だった。

ハルの最大の問題は恋心を抱いた相手とは性的な関係を結べないということだったが、香奈子とは恋愛感情と離れたところでセックスを楽しむことができたし、秩序だった家庭生活のようなものも味わうことができた。そして家庭を持つことによって、リリーやその取り巻きから自由になれると期待した。

子どもを持つのは少し面倒だったが、香奈子を通じて得られるものの代償なのだから、我慢しようと思った。男の子なら複雑な気持ちになりそうだったが、幸い生まれたのは女の子だった。

しかし一年も経たないうちに、大きな誤算が生じたことに気付いた。香奈子に対しては好意で留めておくことができたのに、ハナに対してはそうはいかなかったのだ。リリー以外の初めての家族。自分の庇護下にある小さな生き物。「出張」に出かけていても、ハナはどうしているだろうと気にかかるようになった。

ある午後のこと、美容院に出かけるという香奈子に子守を頼まれて、ハイハイしながら部屋をあちらこちら移動するハナを見ていた。ハナがソファに座っているハルの足元に這ってきたので、その小さな体をひょっと抱き上げて膝に乗せてみる。ハナは好奇心いっぱいで、ハルの髪の毛をつまみ、眼鏡を引っ張る。ひげ面をその滑らかな頬に軽く擦り付けると、ケタ、ケタと笑う。

遊び疲れて眠そうになってきたので、腕の中に納まった小さな背中をトントンと軽くたたいていると、ハナは寝息を立て始めた。まだ人間への進化をとげていない小動物のような生き物なのに、意思を持ち、ハルのところにやって来て全身を預けて眠っている。子どもの寝顔を見る幸せというものを初めて知った。耳に全神経を集中させるとかすかな寝息が聞こえてくる。この全面的な信頼を裏切ることができるだろうか？　お腹の上に心地よい重さとぬくもりを感じながら、ハル自身もソファに座ったまうとうとしてしまった。

香奈子が気付いたかどうかわからないが、それからというもの、「出張」を早めに切り上げて帰ってくることが多くなった。

あの日、出張から帰ってくると、マンションが空っぽになっていた。食卓には「落ち着いたら連絡します。探さないで」という書置きが残され、その隣に香奈子の決心を見せつけるようにスマホが放置されていた。

居間のコーヒーテーブルには、ピンク色の口紅が付着した来客用のカップが置かれ、その脇に新品のぬいぐるみが転がっていた。そして、床に投げ出されたナイトクリームの箱の中から青いトカゲがぬるりと顔を出していた。何が起きたのか、一目瞭然だった。リリーがやって来て、香奈子は青いトカゲの正体を知り、怯えて家を出てしまったのだ。

香奈子とハナのいないマンションで、一人で暮らすなんて考えられなかった。いつのまにか香奈子とハナがいる場所が自分のホームになっていたのだと、ハルはそれを失ってから知った。と同時に強烈なデジャブに襲われ、苦々しい思いがこみ上げた。リリーが衝動的に乱入して来てハルの居場所を奪ったのは、これが初めてではなかった。

帰る家がなくなったら、息抜きの出張が無意味になった。リリーの会社からお金を貰いながら仕事をしているふりをしているのも、妻子を養うという大義名分を失ってしまったら、単なるパラサイト的な生き方に落ちぶれてしまった。何よりハナのいない世界はあまりにも荒涼としていて耐えがたい。ついこの間、初めて「パパ」と呼んでくれたばかりなのに。

二人を探すのは簡単だった。こんなこともあろうかと思って、香奈子がいつも哺乳瓶やオムツを入れて持ち歩いていたリュックに小型のＧＰＳ発信機を仕込んでおいたから。

運よくというか、香奈子とハナのアパートのはす向かいに立っている五階建てマンションの一室が空いていた。二階の角部屋で、二面の窓からは彼女たちのアパートの玄関と前の通りが良く見える。ここなら二人の様子をうかがい、ハナを見守ることができる。ハルは最速で契約を済ますと、ディスカウントショップで寝袋を買い、最初の夜を迎えた。

夜中、夢を見て目が覚めた。場所が変わっても、見る夢はいつも似たようなものだ。「ハル」と呼ぶ声がする。ハルはハルキの略で、彼のミドルネームだった。ファーストネームはスティーヴ。でも、母親のリリーは彼をハルと呼んだ。夢の中のハルはまだ子供で、リリーを探して泣いていた。「ハル」という声がする方向に夢中で走る……。

2

日がな一日、香奈子とハナの動向を監視する以外には特にやる事もない。ハルはノートに文章を綴り始めた。題して『リリーと僕の物語』。

「リリーと僕の生活は、最初はとても素朴でシンプルなものだった。それがなぜ今や他人を巻き込んでややこしいことになっているのか、自分でも理解に苦しむ」と書き始めると、四半世紀の日々が目の裏に流れてきた。フラッシュバックスの連鎖。これを日本語で何と言うんだっけ？　そうだ、「走馬灯」だ。


〈最初の記憶はというと、リリーとの川遊びだ。スプラッシュ・オブ・ウォーター。きらきら光る水しぶき。負けないくらいにきらきらしているリリー。浅瀬に飛び込み、思いっきり水をかけてくる。「カモーン、ハル！」という笑い声。思えば彼女はあの時まだ十八歳くらいで、彼女自身がまだ子どもだったんだ。あの頃のリリーに比べたら、今のリリーは最高の技術で細心にメンテしたドライフラワーみたいなものなのだろう。

　学校に行くようになるまで、僕は陽気なリリーと一日中一緒にいて、シリアルやパンや缶スープを食べさせてもらい、外を走り回り、虫取りをして、疲れるとリリーの胸の中で昼寝をして、夜はお気に入りの本を読んでもらって、おっぱいを吸いながら眠りについた。

あの完璧なまでに幸せだった日々。そこには定番の恐ろしい義父とか、やっかいなボーイフレンドとかが現れることはなかった。なぜならリリーは徹底した男嫌いだったから。リリーの青みを帯びた黒い瞳が冷ややかな光を放ったら、男たちは怖気付いたに違いない。男嫌いの理由は後々知ることになったが、そのおかげで、僕はリリーと二人きりの世界に安住できた。僕の世界にはリリーしかいなかったように、リリーの世界にも僕しかいなかった。お互いにワン・アンド・オンリー。〉

〈小学校に入る頃になると、少しずつ二人だけの世界に侵入者が現れた。

戸口で誰かと言い合いをしているリリー。覗き見るとクルクルパーマ頭のおばさんが、何かリリーを責め立てていて、リリーが何か言い返している。「ハルに会わせて」とおばさんが言うと、リリーは「あの子は知らない人を怖がるんです」と拒絶した。「じゃあ、また来ます。それまでに、このガイドラインを読んで、彼にちゃんとした食事を与えてください」おばさんは有無を言わせぬ様子でそう言うと、去って行った。

「えらそうにして何がわかるって言うの?」リリーは鼻にしわを寄せて部屋に戻ってきた。

その日から、僕はリリーのおっぱいを吸いながら眠る事を止めさせられた。「もうビッグ・ボーイなんだから止めなきゃね。あの怖いおばさんに怒られるよ」と、リリーは唇を尖らせて言った。僕が泣いてむずかると、リリーは歌を歌ってくれた。それからしばらくの間、僕は子守唄で眠りにつくようになった。〉

〈七歳くらいの時、リリーと僕は近所に住んでいた親戚のローズおばさんに手を振って、街なかのアパートに引っ越した。そしてリリーは、デパートの化粧品売り場で働き始めた。

その頃の思い出はというと、薄暗いアパートの部屋とテレビから放たれるぎらぎらした光、そして中の人たちが発する白々しい笑い声。学校から帰ると、首にぶら下げた鍵で玄関のドアを開けて、リリーが仕事から帰ってくるまで一人で過ごした。一人で宿題をして、それが終わるとゲームをしたり本を読んだり。暗くなるとテレビをつけて、夕方の騒々しい子ども番組をぼんやりと見ながら、リリーがピザとかチャイニーズのテイクアウトを持って帰って来る音に耳を澄ませた。

近所の子どもギャングが苦手だったので、一人で過ごすほうが好きだった。リリーも僕が家で待っているほうを好んだ。「乱暴なキッズとつるんでたら怪我しそうだから」と言う。「ハルは私の宝物」と、リリーは毎朝毎晩ぎゅっと抱きしめてくれたし、それは本当のことだと僕は知っていた。〉

ハルはそこまで一気に書くと、窓の外に目をやった。日が暮れるのを待って出かけるつもりだったが、だんだんに日が長くなり、なかなか暗くならない。香奈子たちのアパートに明かりが灯るのを確認してから出かけた時には六時を過ぎていた。ニット帽に眼鏡、ダウンジャケット……。奇しくも最近の香奈子とよく似た格好だと、なんだか可笑しくなった。

たとえ道でばったり出くわしたとしても、彼女がハルに気付くことはないだろう。彼女が知っているのは、三十三歳で高級スーツを完璧に着こなすビジネスマン。つまり彼が演じてきた男だ。今ここに居るのは、ぼさぼさ髪で、無精ひげを生やした二十六歳。せいぜい大学生か非正規雇用の若者にしか見えない。もちろんこっちがハルの素顔だった。出張と称してアジアの国々をぶらぶらしていた時も、素の自分に戻ってけだるい解放感を味わっていた。

　ハルは前日に新しく契約したばかりのスマホで一番近いホームセンターを検索し、閉店間際の店で最初に目に付いた黒い自転車を買った。その自転車に乗って途中スーパーで弁当を買い、寒風を切りながらマンションに戻った。めちゃくちゃ寒かったが、星がきれいだった。香奈子とハナは寒くないだろうか。どうやって暖を取っているのだろう？

　明け方、ハルは悪夢に襲われて目を醒ました。リリーの顔が歪む。「アイ・ハブ・マイ・スパイズ」という機械音のような声。リリーの夢は、いつものように後味が悪かった。

3

『リリーと僕の物語』が単純で無邪気だったのは、せいぜいハルが十二歳になるまでだった。そのあとはどんどんねじれて、戸惑いと混乱の物語になっていく。

〈僕が声変わりをして、ピュービックヘアが生えると、リリーの僕に対する態度が一変した。ついこの間までは一緒にお風呂に入って陽気に歌を歌い、ベッドで抱き合って眠っていたのに、リリーは僕に触れようとしなくなった。それだけじゃない。時々、何か不審なものでも見るような冷たい視線を向けてくる。僕をあんなに溺愛していた母親が、手のひらを返したように冷たくなったことに戸惑い、僕はとてもみじめだった。

「リリーはメス猫みたいだね」とリリーの大叔母のローズは言った。町に用事があって、数日間僕たちのアパートに泊まった時のことだった。「私はいままで二十匹を超える猫を飼ったけど、猫の母親なんてそんなもんだよ。子猫を舐めて舐めて可愛がって、身を挺して敵から守って、ほんとうに健気に母親やっていたかと思うと、ある日急に手のひらを返したように冷たくなって、最後には息子を追い出すんだ。それが動物の子離れってやつだよ」

「僕たちは猫じゃないよ」と僕はローズに言った。「人間は違うでしょ？　子どものウエディングで親は泣いたり笑ったりするじゃない。ローズおばさんだって、この間日本のおじいちゃんに会いに行ったでしょう？」

リリーの家族関係はちょっとややこしかった。ローズはリリーの父親、つまり僕の祖父の妹だった。僕の祖父母は離婚してそれぞれ新しい家庭を持ったので、独身のローズがリリーの母親代わりだった。さらにさかのぼると、ローズと祖父の父親、つまり僕の曾《ひい》おじいちゃんは移民として日本からアメリカにやって来て家庭を持ったのだけど、二人の子どもたちがそれぞれ独立し、自分が六十歳になった時、アメリカ人の妻、つまりリリーのおばあちゃんを残して一人で九州の故郷に帰ってしまった。

「リリーも戸惑っているんだよ。ハルが男っぽくなったから。昔から男嫌いなの。事情があったんだよ。少し時間をあげて」と、ローズおばさんはなんだか言いにくそうに言った。〉

4

香奈子とハナのアパートからは、もう一時間も前に灯りが消えていた。ハルはこのまま入眠剤を飲んで寝てしまいたいという誘惑に抗っていた。もう三日もそんな調子で、『リリーと僕の物語』は一歩も進んでいない。

「今夜こそ書かなくては」と自分に言い聞かせる。物語は最も難しい部分に差し掛かっていた。人生最悪の日のことを文字にするのは容易ではない。でも、それを書かないと話が進まない。

〈リリーの男嫌いの理由を知った時、僕は十四歳半になっていた。リリーとの関係は、その頃までにはだいぶ落ち着いてきていた。僕は自分が男であることに慣れ、リリーも僕が男であることに慣れたのだろう。リリーの生来の陽気さが戻って、僕たちは友だちのように軽口を叩き合う仲になっていた。

ある晩、夕食のピザを食べた後、リリーは僕を相手に職場の上司に対する辛らつなジョークを放っては、ケラケラと笑っていた。「お腹にボールが入ってるみたい。あれでは自分の足も見えないわね」とか、そんな話だったと思う。リリーはいつも職場の男たちをネタにして笑っていた。ハゲだとか、口が臭いとか、とにかく辛らつ極まりない。その日は、どうしてか軽口に乗っかって、ずっと心の中にあった疑問が口に出てしまった。「ねえ、リリーはなんで男が嫌いなの？　僕のお父さんのことも嫌いだったの？」

言ったとたんに後悔した。リリーの綺麗な顔が今まで見たこともないように歪み、ほとんど醜くさえ見えたからだ。「この間、生物の時間に遺伝のことを勉強したんだ。ぼくのＤＮＡの半分がどんな人のものなのか全然知らないんだって思うと、すんごく不思議でさ……」僕は弁解するようにしどろもどろに付け足した。

「聞きたければ教えてあげる。……知らないのよ。私も知らないの！」リリーは叫んだ。「夜道で男が三人背後からやってきた。それであんまり怖くて、怖すぎて、振り向く事もできなかった。痛くて、怖くて、気持ち悪くて、ずっと目をつぶっていた。だからあなたのバイオロジカル・ファーザーについては何も知らない。知らないの！　その時は死にたくなるようなヘルだったけど、それから九ヵ月もすると私はヘブンにいた。だって、腕の中にとっても可愛い赤ちゃんがいたんだもの」〉

〈まんじりともせずに一夜を明かした。リリーの言葉を反芻し、混乱した頭で一つの事実を飲み込むのに一晩かかった。リリーが今の僕と同じ十四歳の時に三人の男にレイプされて、そのうちの一人が自分の生物学的父親だった。リリーさえもそいつが誰なのかわからない。性体験がなかったから、レイプというものがどういうものなのかは想像を超えたが、少なくとも自分のＤＮＡの半分が人間のクズのような男から来たものだということはわかった。自分の半分は顔無しのクズ野郎。自分は生まれながらにしての罪人だったのだ。その絶望感は想像を超えていた。〉

5

ゴミ出しの日の朝、ハルはいつも香奈子のアパートのドアが開くのを待っている。そのうち、ある男に気が付いた。そのひょろっとした男は、毎日のようにその時間帯にアパートの前の道を通る。正確に言うなら八時半頃。グレーのリュックを背負って、いつも黒いスリムのジーンズに青いダウンジャケットを着て、ゆっくりと歩いてくる。そして、なぜかいつも香奈子のアパートの前で顔を斜め左横に曲げる。ほんの一瞬、香奈子の部屋のドアに視線を向けて、それからまた何気ないそぶりで歩き続ける。

その男は、今朝もまるで計ったように香奈子がゴミ袋を持って飛び出して来たそのタイミングで通りかかった。男の視線がゴミ袋を片手に走って行く香奈子の後ろ姿をちらりと追ったのを、ハルは見逃さなかった。彼女に関心があるのか？　いやゴミ袋と共に疾走している女がいたら、何ごとかと驚き見てしまうのは普通の反応かもしれない。

もしかして、彼がリリーの関係者ということはありえるだろうか？

一つだけ言えるのは、その男が「らしくない」ということだった。今までリリーが送り込んできたスパイたちは複数いたが、みんな女性で、しかも共通の独特な雰囲気を持っていた。何か崇高なミッションを帯びているという優越感から醸し出される超然とした雰囲気とでも言ったらいいだろうか。一言で言えば、彼女たちは非人間的なまでに落ち着き払っていた。

あのびくびくした小心そうな男は、とてもリリーのスパイとは思えなかった。ということは、香奈子を追いかけているストーカーかもしれない。ユー・ネバー・ノウ。これからは、あの男をウォッチしなくては。

6

翌日の朝八時半、ハルがマンションの駐車場で自転車のタイヤに空気を入れるフリをしていると、いつものように向こうから例の男が歩いてくるのが見えた。お決まりのしぐさで、男は香奈子のアパートの前を通り過ぎる時、かすかに部屋に視線を投げかけた。

ハルは自転車で彼のわきを通り過ぎ、次の交差点の信号で男を待ち構え、男が曲がっていった方向を確認してから、右折して幹線道路へと曲がっていった。

翌日、つまり追跡二日目は、男が進んで行った先の公園のベンチでスマホをいじりながら待ち構えた。今度は歩きで距離を取りながら男の後を付けて行くと、数百メートルほど行った住宅の玄関で男が鍵をガチャガチャさせている。

「すみません、この辺にコンビニありますか?」と声をかけたら、不愛想に「ここまっすぐ行って右です」と教えてくれた。

そのコンビニでパンや牛乳を買うと、引き返して再び男の家の前を通り過ぎた。なんの変哲もない古びた二階建ての木造住宅。ベランダに洗濯物がはためいていたので、朝から洗濯をしてくれる人がいるらしいことはわかった。家の屋根はさび色に変色し、白っぽい外壁もところどころ黒ずみ薄汚れている。玄関ドア脇のポストに、そっけない字で「遠藤」という二文字が書かれていた。その下の花壇らしいスペースには、枯れ草の中からしょぼくれたスミレのような花が何個か顔を出していた。天井が抜けたカーポートに車はなく、小型のバイクと錆びた自転車が一台ずつ停まっている。

手入れもされていない古ぼけた家。なのに、ハルにはたまらなく羨ましく思えた。たぶんここに彼は家族と住んでいる。その家の中には日常が流れている。朝起きて、ご飯を食べ、家族がそれぞれ仕事や学校に出かけ、一人また一人と家に戻って来て、ご飯を食べて、無駄口をたたき、寝る。言い合いやケンカをして、ふてくされては仲直りして、日々が流れていく。

帰り道、春めいてきた日差しの下、あらゆる方向で日常の営みを見た。おしゃべりをしながら幼稚園バスを待つ母と幼い子どもたち。路駐している宅配便のトラックから荷物を持って出てくるドライバー。玄関先を掃いているおばさん。二階の窓を開けて布団を叩く主婦。犬の散歩をする年配の男性。カートを押しながら、買い物に向かっているらしいおばあさん……。

どうして「日常」がこんなに恋しいのだろう？

リリーとハルの暮らしにかろうじて流れていた「日常」は、あの十四歳の日に消え去ってしまった。自分がどのようにこの世に生を受けたのかを知ったあの日、ハルは罪人になり、見えない監獄に入ったのだ。囚人は家族に会えないし、監獄にルーティンはあっても「日常」はない。

7

〈僕の「父親」に関する告白をした翌日、リリーは泣きはらしたような赤い目をして、いつになく優しく言った。「あんたは何も悪くない。私はバージン・メアリーよ。あいつらはトリガーになっただけ。あんたは百パーセント私の息子なの。私が一人で産んで、一人で育てて、一人で守ったの。親は養子に出せって怒ったけど、私はぜったいに嫌だって家出した。私もあんたも悪くないのに、なんで離れ離れにならなきゃならないの？」リリーは涙ぐんで、僕をぎゅっと抱きしめた。

僕は鏡の中の自分を見つめて長い時間を過ごすようになった。当然ながら鏡に映る自分は、「百パーセント・リリー」ではなかった。リリーは父方に日系の祖父とアメリカの白人の祖母がいて、母親もやはり日系だった。だから四分の三はエイジアンで、クオーター白人の血が入っている。エキゾチックなリリーと比べると僕はさらにエイジアンだった。だから、バイオロジカル・ファーザーはアジア系のはずと思った。リリーは百六十センチ程度で、アメリカでは小柄なほうだったけど、僕は十四歳ですでに百七十センチを超え、まだまだ伸びそうな勢いだった。中学になってからバスケを始めたせいか、どんどん筋肉が付き始めた体は、リリーの華奢でやわらかな曲線とは似ても似つかなかった。

〈十五歳の誕生日を二週間後に控えた夜、僕は帰宅したリリーに日本に留学すると告げた。九州にいるリリーの祖父（つまり僕の曾祖父）のところに住んで高校に行くつもりだと。リリーは血相を変えて、騒ぎ立てた。

「私の知らないところで、おじいちゃんと連絡取ってたわけ？」

「ローズおばさんが話をしてくれたんだ」

「ローズとおじいちゃんとあんたと三人で、私をのけものにして勝手にことを進めたってわけね！」

リリーは荒くれて、手元にあったもの―カップや置時計やビール瓶や脱いだセーターなどを手当たり次第壁に投げ散らかしながら、「アイム・ユア・マム！　アイム・ユア・マム！」と叫び続けた。そして、しまいには床に崩れ落ちてしまった。

「リリーに話すと絶対に反対するから、手続きが終わってからにしましょう」とローズおばさんに言われていたけど、実際その通りだった。

いよいよ僕が旅立つという前日、リリーは再び愁嘆場を繰り広げた。「私を捨てていくの？　あんたを守るために家族も学校も捨てたのに、人生の半分以上あんたを産み育てるのに費やしたのに、そうやって出て行くんだ。恩知らずなもんだ。父親のことなんか教えるんじゃなかった。あれからすっかりおかしくなっちゃった！」

リリーはむら気で、時にとても直情的で子どもっぽかった。僕を産んだ十五歳で、精神の一部が成長を止めてしまったみたいだった。

それでも翌日、リリーは空港まで車を走らせて見送ってくれた。

「しばらく離れたほうがいいのかもね。メイビー・アイ・ラブ・ユー・トウ・マッチ。元気でね、マイ・サン」と、別れ際にハグすると母親らしい言葉をかけてくれた。

搭乗口に向かう間、何度振り向いてもリリーは手を振り続けていた。彼女の顔は必死で感情を抑えているかのようにゆがみ、最後に振り返った時には泣いているように見えた。〉

8

目を閉じるとみかん畑の向こうに海が見える。ハルにとって、九州の小さな町で過ごした三年間は、リリーの気分に振り回されたそれまでの毎日とはまったく違う凪のような日々だった。

次に目に浮かぶのは、曽祖父の深い皺が刻まれた浅黒い顔だ。二十歳で渡米し、フロリダでグレープ・フルーツの生産者になったが、還暦になって一人故郷に戻り、みかん畑を買い取った。十五歳のハルが同居を始めた時は八十歳近かったが、現役でグレープ・フルーツに似た柑橘類を作っていた。曽祖父がアメリカに渡ったことが、自分のような複雑なバックグラウンドの人間が生まれてしまったきっかけだったと思うと、ハルはその深い皺を見ながら不思議な気持ちになったものだった。

〈曽祖父との生活のパターンができあがると、迷う必要のない日常が回り出した。朝は卵かけご飯かトースト。制服を着て自転車で家を出ると、途中のコンビニで昼ご飯を買った。授業の後はバスケットボールの部活をやって、自転車で帰宅する毎日。おじいちゃんから手渡される千円の予算で、スーパーで夕方に値引きされたお惣菜を買って帰ると、おじいちゃんがご飯を炊いて、近所からのおすそわけの野菜をふんだんに使った味噌汁を作って待っていた。

言葉の問題があって英語と数学以外の成績は散々だったけど、学校はイージーな場所だった。なんと言っても、それまでになく女の子にもてた。背が高くて、少しばかり異国的で、風変わりなところが注目されたのかもしれない。高二のバレンタインデーには、リュックに入りきらないほどのチョコレートを持ち帰り、曽祖父を驚かせた。その中には、僕が密かに気になっていたサッキからのチョコレートも含まれていた。〉

〈いつも思い出すのは、曽祖父のみかん畑とその向こうに広がる海だ。冬から早春にかけての収穫の季節はよく手伝いをしたものだ。三度目の冬、高校の卒業を三ヵ月後に控えていた頃、みかん畑にサッキがチョコレートバーやおにぎりを持って訪ねて来るようになった。彼女は曽祖父の同業者の孫だった。海を見ながら並んで座り、差し入れを食べた。


夕暮れ時には、サッキと空を観察するようになった。

「今日の空はまるで絵みたいに動かない」とサッキがポツリと言った。

「ザ・スカイ・イズ・スタティック」

「おお、英語でそう言うんだ」

「頭に浮かんだ」

「でもね、例えばあの尖がった雲、三分後には形変えてるよね、きっと」

「三分、計ってみる?」僕は携帯を見ながら言った。

三分後、なるほど雲は横に伸びて形を変えていた。

海に張り出した向こうの岬を見ると、夕焼雲の朱色のグラデーションが山並みに沿ってぴたりと貼りついたように動かない。時が停まってしまったように見える。それなのに、ずっとこのままサツキと夕日を見ていたいという願いはかなわない。数分後には赤みがかった線が消え、空と山は闇に混ざり合う。

「変化って、目に見えないくらいゆっくりと起きるんだね」と僕が言うと、サツキは「たぶん私たちがじっとして変化を見るほどに我慢強くないのよ」と言った。「たったの一分だって、じっと何かを見ていられないもの」

日暮れが早い十二月、サツキと夜空を眺めながら家路についた。こんな日々がいつまでも続けばいいのにと心から願いながら、しかしそうは行かないという現実に、すでに打ちひしがれながら。〉

〈卒業を数週間後に控えた頃、サツキが長いこと避けていた話題に触れてきた。

「ハルくんは卒業したらどうするの？　アメリカ帰っちゃうの？」

「まだわかんないけど、一年間はいろいろバイトしたり旅行したりしようかと思ってるんだ。それとも、このままみかん畑で働こうか？」

「うーん、なんか似合わない」

「…そうかな？　何だったら似合う？」

「サラリーマンでもないし、なんだろ……。なんか一人でコツコツやる仕事かな。学者とか？　でもあんま勉強好きじゃないよね？」サツキはしばらく考え込んでから、突然ひらめいたというように言った。

「あ、そうだ！　作家がいい！　ハルくんは、作家！」

「作家？」

「うん、十八歳でもういろいろ経験してるでしょ。日本にやって来て、おじいちゃんと住んで高校行って。何かいろいろ思ったりするでしょ？　ボーッとしてるようで、いつも何か考えてるみたいだし、書くことといろいろあるんじゃない？」

「サッちゃんは、どうするの」

「あたし？　あたしは……みかん畑が似合ってるかもね。でもとりあえず保母さんの資格でも取ろうかな。子どもは好きだしね」

寒風で、サツキは頬を真っ赤にしていた。両手で包み込んで暖めてあげたかった。そして、そのままキスしたかった。でも自分は野獣の子。この無垢な少女に近づく資格があるとは思えなかった。キスなどしてしまったら、その先自分を抑えられるだろうか。そのまま、彼女を食べたくなってしまうのではないか。

「寒いから、そろそろ帰ろう」と言って、僕は立ち上がった。〉

第四章　再会

精神科医・川端常雄の話

「いやあ、私も長年この仕事をしていますが、山崎香奈子さんのケースは、かなり珍しいですね。一種の強迫神経症。たぶん、そうでしょう。あるいは恐怖症、フォビアの類。例えば高い所が怖いというのが高所恐怖症。閉鎖的な空間が怖いのは閉所恐怖症。彼女の場合、偶然が怖いというのです。ある数字、あるシンボリックな形……彼女の場合青いトカゲだと言っていましたが……そうした特定のものに出合うのが怖くて外出がつらいと。例えば、ある特定の数字のナンバーがついた車に出合うことが怖くて、外に出るのがストレスだと。偶然だと知っているのに、それでも怖くて仕方がない。偶然恐怖症。症例としては珍しい。でも、世の中にはいろいろな恐怖があるのです。そういう意味では珍しいとは言えませんね。

もともと精神を病むようなタイプとは見受けられず、おそらく相当なストレスによって症状が出ていると考えました。産後うつも関係しているかもしれません。夫はおらず、頼る人が誰もいないというので、誰か相談相手を見つける必要があると感じましたね。まずは弱い精神安定剤を処方して、週一でカウンセリングを受けるようにと指導しました。シングルマザーで、仕事をしなくてはと、ちょっと焦っているようだったので、しかるべき公的支援を受ける事もできると伝えました」

1

「エンドウ・マメオくんじゃない？」

ドキッとして顔を上げると、よりによって目の前に山崎香奈子が立っていた。

「あ、あの……山崎さん？　だよね？」と、驚き過ぎて口ごもる。

「そうそう、カナッペ。よく憶えていてくれたね」香奈子はわざとらしいくらいに明るい声を張り上げた。

世の中、まったく信じられないことが起こるものだ。週に一度の休日、駅前の中古屋でゲームソフトを物色した後、急に小腹が空いてきて近くの寂れたハンバーガー屋に入った。窓際の席しか空いていなかったので、仕方なくそこに座ってポテトをつまみながら通りを眺めていたが、隣の席の高校生カップルが楽しげで居心地が悪い。そろそろ出ようかと腰を上げかけた時、いきなり声をかけられた。最近はこの女に驚かされてばかりだが、とうとう対面し、しかも遠い昔の苦々しいあだ名で呼ばれてしまった。

「人違いじゃなくてよかった。たまたまそこ通りかかって、ああ、懐かしい顔だなって思って……」と、思いっきり笑顔を見せている。オレなんかと出くわして何がうれしいのか意味不明なのだが、なぜか心底うれしそうだ。

「マメオくん、背伸びたんじゃない？　顔はあんまり変わんないけど。もうマメオじゃないね。何センチあるの？」

「一七五。高校で二十センチ伸びた」

「中三の時は、あたしより小さかったのにね。あたしはあれから全然伸びてないよ。中学校で伸びが止まったの。あ、そうそう、この子はあたしの娘」

何歳くらいなのか子どものことはよくわからないが、赤ん坊に近い子どもだ。ベビーカーからこっちを見上げている。なかなか眼光が鋭い。

「ねえ、マメオくん、ちょっとここに座ってもいい？」

断る理由を思いつかなかった。

香奈子はコーヒーとポテトとアップルパイを買ってくると、まだわけもわからない幼子に話しかけた。「ハナ、ほらポテト。アップルパイもあるよ」

子どもの口にポテトを運びながら「予算オーバーだけど、今日は特別ねー」と話しかけている様子は、なんだか滑稽だった。赤ん坊に毛が生えたような幼児に「予算」なんて言葉を使って、自分でもおかしいと思わないのだろうか？

香奈子を目の前にして、ずっと忘れていた記憶が戻ってきた。中学時代の記憶を一括して封印していたのかもしれないが、「カナッペ」で思い出した。香奈子もけっこうな〝いじられキャラ〟だったのだ。オレは「マメオどこだ？　小さくて見えないぞー。どこに隠れたんだ？」とか囃し立てられたけど、香奈子はどこかお嬢様風だったのでそこを笑いものにされた。

例えば英語の発音。たしか帰国子女だったと思うが、そのために英語の時間に当てられると、それらしい発音をする。rとlの違いなど教師でも気にしない地方の学校で、発音が良過ぎるとウケるのだ。「カナッペ」というあだ名も、香奈子という名前にひっかけただけじゃなくて、フランス料理に関係しているところが彼女のちょっとお嬢さん風な雰囲気を揶揄するのにぴったりだったのだろう。

「エンドウ・マメオ」とか「カナッペ」とか、誰がつけたのか定かではないが、上手いことをやったと悦に入っていた奴がいたのではないか？

不登校気味だったオレと違って、カナッペはいじられたからといって学校を休むこともなかったたし、成績も良かったはずだ。その頃むき出しの自意識に常にピリピリと痛みを感じていたような俺は、香奈子のことを鈍感なおめでたいヤツだと思っていた。

香奈子が中学時代の鈍感さのままだったら、オレの「午前三時のリベンジ」にびびることはなかっただろう。いや、待てよ。まさか、あれがオレの仕業だと疑って接近してきたんじゃないよな？　オレが毎朝のように彼女のアパートの前を通りかかっていることがばれたのか？　客観的にはストーカー行為を働いていたって言われてもしかたがないのかもしれない。急に不安が広がってきて、明らかに自分がきょどっているのを感じる。

「なんかね、マメオくん見た時、すんごいほっとした。この町にはもう知り合いもいないから……。迷惑かもしれないのに、声掛けちゃった」

香奈子の口調に拍子抜けする。オレに疑いを持っているどころか、ポジティブな要素しかない。それにしても、知り合いもいないのに何でこの町に越してきたんだろう？

「いつ戻ってきたの？」先月だと知りつつ聞いた。

「先月。もうすぐ三週間になるかな、ここに来てから」

何で来たのだろう？　知りたくて仕方がないのに、なんだか気が引けて聞けない。代わりに「今日はなんかこの辺で用事？」と聞く。

「……ああ、そこの心療内科のお医者さんに行って来たところ。頭……っていうか、この辺がちょっとおかしいから」と香奈子は胸のところを差した。「そこ治して、この子を保育園に入れて、仕事しようと思って……」

中学時代は鈍感力で鳴らした香奈子が、精神的に病んでいるとは意外だった。

「そういえば、風の噂でスチュワーデスになったって聞いたけど」

「それはもう昔の話。今は無職だし、この子以外は無い無い無いづくしだよ」

「それを言ったら、オレも無い無い無いづくしだけどな」

「仕事は……していないの？」

言おうかどうか迷ったが、「ま、コンビニでちょっと」と教えた。香奈子がどこのコンビニかと追加質問をしてきたので、仕方なく場所を教えると、当然の事だが驚いてすっとんきょうな声を出した。「そこ、うちの近くだよ。時々、てか、けっこうよく行ってるけど、会わないねえ」

「夜勤だから」と教えると、香奈子は納得したような顔で質問を終えた。

子どもがぐずり出したので、香奈子は腰を上げた。「眠くなったみたい。オムツも替えなきゃならないし……」と独り言のようにつぶやく。それから俺の顔を見据えて、「マメオくん、今日は会えてよかった。大人と話したのはほんとうに久しぶりなの。今度コンビニで会うね」とにっこりした。

香奈子は店の外に出ると窓越しに手を振って、ベビーカーを押しながらバス停の方向に去って行った。後ろ姿を見送りながら、一緒に行ってベビーカーをバスに載せるのを手伝えばよかったと思った。

それにしても香奈子がうまいことやっている勝ち組どころか、「無い無いづくし」だと知って、なんとも後味が悪い。夫はどうしたのだろう？　生活費はどうしているのだろうか？　どうしてこんなところで一人で苦労してるんだ？

2

バスに座り膝の上のハナをあやしながら、香奈子は久しぶりにほっこりとしたものが胸に広がっているのを感じていた。ハナと二人で無人島に流されたような日々が続いていたので、見覚えのある顔を見た時ほんとうに嬉しかったのだ。マメオはとても背が伸びていたけど、童顔はあまり変わっていなかった。

あのぼーっとしたエンドウ・マメオが、まるで長年の友のように感じられるってどういうことだろう？　そこまで自分は人に飢えていたのか。少なくともあのコンビニに行けば、マメオがいる。知っている顔がそこにいる。マメオに何かを期待しているわけではないけど、そう思うとなんだかほっとするのだった。

3

ハンバーガー屋での遭遇から五日ほど経った朝、なにやら着ぶくれした子どもを抱いた香奈子が、バイト先のコンビニに入ってきた。そろそろ上がりの時間だったが、通勤前におにぎりやサンドイッチを買う人たちでレジはけっこうごった返している。ちらりと見やると、香奈子は商品を見るでもなくレジの脇にぼーっと立っている。その顔は険しく、憔悴して一回り小さくなったように見えた。

買い物に来たわけではなさそうだ。てことは、何かオレに用事があるのか？　しかし声を掛けようにも、レジに切れ目なく客が並ぶので、タイミングがつかめない。結局、話しかけることができたのは、八時からの学生バイトに引き継いでからのことだった。

「どうかしたの？」

「ハナの具合が悪いの」思いつめた様子で香奈子は言った。「ゆうべから何も食べなくなって、今朝はりんごジュースをあげたら、それも戻しちゃって。熱もあるみたい……この辺で小児科のお医者さん知らない？」

「小児科かあ……」数年に一度くらい行く内科なら知ってるが、小児科には縁遠い。香奈子たちが住む寒そうなアパートを思い浮かべた。病気の子どもが過ごすような場所ではないだろう。

「とりあえずオレんち来る？　妹が看護師の勉強してるから、何か知ってるかもしれない」

タクシーを拾って、二人を家に連れて帰った。母親は仕事で留守だったが、妹は春休みで家にいた。眠っているところを揺り起こす。

「あのさ、このへんでどっか小児科知らない？」

「小児科？　なんでまた」妹は半目を開けて不機嫌そうに口を開いた。

「友だちが困ってるんだよ。子どもが吐いてるんだって。ちょっと見てくれないか？」

妹はナースの卵らしい反応を見せ、素早く起き上がるとパジャマの上にカーディガンを羽織った。

「水分は取れてますかあ？」と、いっぱしのプロっぽい様子で香奈子に聞く。

「ストローでりんごジュース飲ませたんですけど、戻してしまって……。おっぱいは吸っているので、母乳は飲んでるかも。でも、どのくらい飲んでるかわからないので」

「おしっこは出てますか？」

香奈子は子どものオムツに手を入れると、「あら、けっこう濡れてる」と言った。「おしっこが出てるなら大丈夫」と、妹は自信たっぷりに答えた。

それから妹は、てきぱきとした様子で体温計を子どもの耳に差し込んだ。香奈子が心配そうに体温計を覗き込む。三十八度二分。

「熱もそんなに高くないし、おしっこが出ているようなら、少し様子をみてもいいかもしれませんよ」と、妹が言った。休日診療のクリニックで受付のバイトしているのだが、この季節には、お腹の風邪で吐き戻したり下痢したりしてくる子どもが後を絶たないのだという。「お薬も特にないし、吐き気止めを処方するか点滴するくらいなので、脱水に気をつければ一日か二日で良くなることが多いんです」

香奈子はほっとした表情で頷いた。「健康保険が使えないし余裕もないので、そのほうが助かります。お休みのところすみませんでした」

妹は居間の脇の和室に布団を敷くと、エアコンを点けて、「どうぞ、ここ使ってください」と香奈子に言った。そして、ついでにというように俺の方を向くと、「お兄ちゃんも夜勤明けなんだから一眠りすれば」と言った。わが妹ながら、しっかりしている。少なくとも子どものうちの一人が有能な人間で、母は救われただろう。

「すみません、お言葉に甘えて」とひとこと言うと、香奈子は娘を抱いて和室に入り、ふすまを閉めた。

妹は体温計を引き出しに片付けながらオレの顔を見てにやりとした。

「お兄ちゃんに友だちとはね。しかも子連れときたもんだ。お母さん卒倒するといけないから、ラインしとくよ」

オレは二階の自室のベッドに横たわったが、この家の中に、この屋根の下で、この部屋の真下に、山崎香奈子が娘と一緒に寝ていることが信じられず、しかもなんだか不思議と心が浮き立ってしまい、頬が緩んでくるのだった。

4

ハルは不安のあまり胃のあたりがおかしくなっているのを感じた。胃の中でバタフライが飛び交っている。このいやな感じ。耐え難く、吐き気を催す。

暗くなっても香奈子とハナの部屋に灯りが点かない。朝にハナを抱え込むように抱いて足早に出かけて行く姿が見えたので、急いで外に出たが見失ってしまった。どこかに遠出をするような格好ではなかったので、いずれ戻ってくると思ったが、戻ってこないまま夜になり、そして朝になった。

ハナ。空っぽの人生の唯一の光。まさかハルの監視に気付いた香奈子が、ハナを連れて再び逃げ出したのではないだろうか？

さらに午後になり、ハルの絶望が頂点に達していた時、向こうのほうから香奈子がハナを抱きかかえて誰かと並んで歩いて来るのが見えた。

ほっと胸を撫で下ろすと同時にハルは凍りつく。あの男だ。そう、エンドウだ。彼が冗談でも言ったのか、香奈子がわずかに顎を上げて口をほころばせた。ハルが一度も見たことのないようなくつろいだ笑顔。香奈子にあんな顔ができるのか。ハルが覚えているのは、寂しそうな笑み、戸惑いの表情、不安げで落ち着きのない顔、そして控え目に自らを解き放ったあのクライマックスの瞬間の表情……。それだけだった。

アパートの前まで来ると、香奈子は抱いていたハナをエンドウに託して、玄関ドアから中に入って行った。生後半年ほどで人見知りを始めて以来、香奈子とハル以外の人間に抱かれることをかたくなに拒んでいたはずのハナが、あたかも当然のことのようにその男の腕に収まっている。ハルは拳を握り締めた。走って行って、あの男の腕からハナをもぎり取りたい。全力でその衝動と戦わなければならなかった。


香奈子はすぐにベビーカーを持って出て来た。それにハナを乗せると、エンドウと肩を並べて歩いて行く。その後ろ姿はまるで、早春の夕方に散歩に出かけて行く仲のいい三人家族のようだった。ハルは慌ててマンションの階段を駆け下り、彼らの後を付けた。

通りに出ると、エンドウはスーパーへ、香奈子とハナは隣のドラッグ・ストアに入って行った。それから十分ほどして、彼らは申し合わせたように再び落ち合い、買い物袋を下げて香奈子たちのアパートに戻り、三人一緒に中に姿を消した。

エンドウがアパートから再び姿を現したのは九時四十分だった。再び後を付けると、ハル自身もたまに利用しているコンビニに入っていった。香奈子とハナに近づいて馴れ馴れしくしている男は、そこのコンビニの従業員だということがわかった。いつも香奈子のアパートの前を通るのは、夜勤明けで家に帰る途中だったらしい。

自分はこんなところで探偵の真似事をしていったい何をやっているのだろう。ハルはとぼとぼとマンションに向かって歩きながら自らを呪っていた。自分の場所を取られたような状況に嫉妬で熱くなっているのにもかかわらず、妻子の前に姿を現すことさえできずに悶々としている。なんでこんなことになってしまったのだろう？　どこで間違ってしまったのだろう？　リリーのせいなのか？　自分のせいなのか？

〈繰り返し、おじいちゃんの声が蘇る。「なんならハルにこの畑をやろうか？」一緒に暮らしていた間、本気とも冗談ともつかない様子でおじいちゃんはよくそう言っていた。が、卒業が間近にせまったある夜、初めて真剣なまなざしで聞いてきた。「将来のことをどう考えているのか知らんが、他に考えていないなら、ここを継ぐか？」

おじいちゃんは、進学も就職も決めていない僕を心配していたのだろう。自分としては、一年間はバイトや旅行をしながら将来について考えようと思っていた。日本では一般的ではないものの、アメリカではギャップイヤーはふつうのことだったから、あせる必要も感じていなかった。

その夜、僕は寝床で夢想した。みかん畑は僕には似合わないとサツキは言っていたが、彼女と一緒なら平気な気がした。それから、おしゃまな娘が一人、シャイな息子が一人。リリーとはもう関わらずに、ふつうに家族を持って、ふつうに生きる……。〉

5

リリーと関わらずにふつうに生きる？

実際には、それは簡単そうで、とてつもなく難しいことだった。だからこそ、自分は今見知らぬ町に漂着して妻子を見張るなんていう馬鹿なことをしている。そして、こんな訳のわからない回想記を書いている。

〈高校時代の三年間、リリーとはろくに話もしていなかった。おじいちゃんが時々リリーと電話で話して僕のことを報告しているのは知っていたが、僕は電話口から逃げ回り、年に一度の「メリークリスマス」と「ハッピーバースデイ」のみで済ませた。

なのに、ふとした瞬間にリリーの姿が脳裏に浮かんだ。ビール缶を手にして、暗い部屋でソファに体を丸めている。テレビの点滅が映し出すまだらな顔は無表情だ。職場で嫌なことがあっても、帰って来て訴える相手もいないから、押し黙ってぶすっとしている。〉

〈三年ぶりの再会は突然でかつ強烈だった。高校の卒業式にリリーが突然現れた時、会場では遠慮がちなどよめきが起きた。「あの人誰？」「女優みたい」「保護者席に座ったよ」「一緒にいるの、ハルのおじいちゃんじゃない？」「マジ？」「まさかハルのお母さん？」「いや、お姉さんでしょ」

リリーが高級そうな白いスーツを着て保護者席に鎮座しているのが見えた。緩やかなカールに整えられた髪形のせいか、しっかりとメイクをしているせいか、見違えるようだった。

　式の後、クラスの仲間たちと体育館から退出しようとしていた僕のところに、リリーが小走りに近づいてきた。いきなり大げさに両腕を広げてハグしてくるので、僕は恥ずかしくて死にそうだった。

「ハル！　ルッケッ・チュー。ユー・ルック・グレイト！　アイ・ミスト・ユー・ソー・マッチ！」

　一瞬にして、僕とリリーは舞台に立つ主演俳優のように衆目を浴び、同時に昨日まで日常を共にしたクラスメートたちがバックグラウンドに押しやられた。サツキの戸惑ったような、怒ったような顔が目に入った。〉

〈おじいちゃんにさえ詳しくは知らされていなかったが、僕が日本で暮らしていた三年の間にリリーに大きな変化が起こっていた。なんと自分の化粧品会社を立ち上げて、かなりの成功を収めていたのである。

「アイ・ハブ・ア・ハウス・ナウ。ア・ビーッグ・ハウス。アンド・ア・カンパニー・

トゥ」彼女は胸を張って自慢げに言うのだった。

その夜、リリーがお風呂に入っている間に、僕はおじいちゃんに「みかん畑をやってみたい」と本気で話した。しかしおじいちゃんは厳しい顔をして考え込み、それからおもむろに言った。

「母親が事業を成功させたのだから、大学に行かせてもらったほうがいい。アメリカでも日本でもいいから、まずは大学へ行け。みかん畑はいつでもできるからな」

一方でリリーが執拗に誘ってきた。「ねえ、一度でいいから私たちの家に行こう。ハルの部屋もあるよ。しばらく骨休めして、これからのことを考えたらいい。ゆっくり休んで、それから大学に行けばいいじゃない」

結局、僕は根負けして飛行機に乗った。

6

〈乗り継ぎを含め十五時間ほどの旅がエンドレスに感じられた。空港の窓から見た三年ぶりの故郷は、やけにだだっ広く、乾燥して、埃っぽかった。

子ども時代のアパートがあった市街地と反対側の丘に向かって車を走らせるリリーの横顔をちらちらと見やりながら、彼女がこんなに美しいということをすっかり忘れていたと思った。いや、正確に言うと、今まであまり彼女の容姿のことなど考えたことがなかったし、彼女がおしゃれをした姿など見たことがなかった。家にいる時はスウェットかジーンズによれよれのTシャツを着て、だらしなくソファで丸まっていた。何かと言うとすぐに鼻にシワを寄せて毒舌を吐き、おもしろくないことがあるとビールやカリフォルニア産の安いワインを飲んで眠ってしまう母親。僕を溺愛しているのに、思うようにならないと駄々っ子のように僕を困らせた子どもっぽい母親。そんな記憶とはうらはらに、今目の前にいるリリーはまるでハリウッド女優だった。〉

〈「ここがハルの部屋よ」とリリーが自信たっぷりに案内してくれた部屋は、プール付き豪邸の二階の角に位置する広々とした一室だった。キングサイズのベッドが斜めに置かれ、大きな窓からは峡谷を見下ろすことができた。

つい数日前まで隙間風が入る古い日本家屋の六畳間の万年床で寝起きしていた自分が、どこかのセレブの豪邸のような家にいる。反対側の窓から外を見ると、強烈な日差しを跳ね返すプールの水面が眩しかった。

ウォークイン・クローゼットには、子ども時代の思い出が詰まっていた。壊れたガンダム、描き散らした絵、端が丸まったヒーローもののコミックブックス。それからボロボロになったリュックやTシャツやスニーカー。引っ越した時、リリーは僕のものを何も捨てなかったらしい。

専用のバスルームの壁には、額に入った写真が飾られていた。花模様のサンドレスを着てプールサイドに立つ母親とプールから眩しそうに彼女を見上げる幼い子ども。リリーは無理やり僕をスイミング・スクールに通わせた。ふだんは「習い事などお金の無駄」と言っていたのに、「私は泳げないけど、あんたはせめて少し泳げるようにならないと」と言い張った。中学の時は、平泳ぎで地区大会に出られるくらいになっていた。〉

〈翌朝、ダイニングとして使われている広々としたサンルーム風の部屋に降りて行くと、学食のように二列に並べられただだっ広いテーブルの片隅に若い女の子が三人肩を寄せ合うように座ってシリアルを食べていた。従業員だろうか？「ハーイ」と声をかけると、彼女たちはまるで宇宙人でも見たかのような視線を投げつけてきた。

「あなたたち、リリーの息子さんよ。ちゃんと挨拶してね」

後ろから声がして振り向くと、ブロンドの若い白人女性がにこやかに立っていた。

「ハイ、ハル。私はジェニファー。リリーの秘書よ。あなたのことはいつもリリーから聞いていたから、初めて会ったような気がしないわ」

「ハイ、ジェニファー。リリーはどこですか？」

「今日は新しい契約に出かけたの。夕方までには戻ると思う。朝ごはん、食べる？」

シリアル、トースト、ヨーグルト、それからミネストローネスープ。手際よく準備しながら、ジェニファーが申し訳なさそうに言った。

「あの子たち、ちょっと変わってるでしょ？」

ジェニファーの目は、うつむきかげんにこっそりとダイニングを出て行く三人に向けられていた。

「でも、気の毒な子たちなのよ。性暴力の被害者なの。リリーがお世話しているんだけど、一種の男性恐怖症。男の人を見ると、おどおどしちゃって。だからごめんなさいね。男性の水着姿は刺激が強すぎると思うので、プールは控えてもらえるかしら」

「気の毒な子たち」は、家のあちらこちらでうごめいていた。掃除機をかけたり、台所で立ち働いていたり、庭に水を撒いたり、誰も使っている様子がないプールの掃除をしたり、〝豪邸〟を維持するための細々した仕事をしているようだった。彼女たちは浮遊する影のように動き、僕を見かけると皆一様に目を伏せて、そそくさと姿を消す。ジェニファーによると、「あの子たち」は目下五人いるということだったが、誰が誰なのか数日経っても区別がつかなかった。〉

〈リアリティがない。端から端まで転がるのに何回転もしてしまうようなベッドから大窓の緑の深淵を眺めながら、そう思った。半分チャリティ施設と化した豪邸にも、髪をバシッと決めて高級ブランドのスーツにハイヒールで契約に臨むリリーにも、リアリティが感じられない。かといって、おじいちゃんと暮らした日本での三年間にリアリティがあっただろうか。あれは長い休暇みたいなもので、僕は学校でもコミュニティでもお客さんみたいなものだった。

　思えば、リリーと二人で暮らした街の小さな古ぼけたアパートの二階が、僕のリアリティだった。近所の子どもにからかわれながらの家路、日が陰った部屋でどぎつい光を放っていたテレビ、耳障りなほどに陽気な子ども番組の音声、リリーが持ち帰るピザの味

（あれは安いギトギトした代物だったけど美味しかった）、辛らつにテレビタレントや上司や同僚を口撃するリリー、ソファの前のテーブルに並ぶビールの空き缶やワインの空き瓶、そしてリリーと二人で服を着たままソファで寝入ってしまった翌朝の朝日の眩しさ……。

バスルームの電球が切れてローソクでお風呂に入ったり、ボンサイのようなもみの木に飾りつけをしたり、そんなささいなことが楽しかった。ある日、僕がテレビを見過ぎるからと、リリーが大きな水槽と熱帯魚を買ってくれた。カラフルな熱帯魚たちが尾ひれを翻しながらゆうゆうと縦横に動くのを、何時間も飽きずに眺めていた。僕は熱帯魚を残したまま日本に行った。あの魚たちはもういない。僕が見捨てたのだ。〉

7

〈「ねえ、ジェニファーどう思う？　あの子、綺麗でしょ。頭も良いのよ、あたしと違って」

居間のソファでぼーっとテレビを見ていると、リリーが隣に来て突然話し出した。

澄んだグリーンの瞳を思い出しながら、「綺麗なんだろうね」と気のない返事をする。

「ハルとそんなに年は違わないわ。二十三歳だから」

「ふうん、ずっと年上かと思った」

「しっかりしてるの。いい子よ」


それから数日後、リリーが夕食に誘ってきた。リリーのアウディで高台のイタリアン・レストランに着くと、予約のテーブルにジェニファーが座っていた。その時まるでタイミングを計ったかのようにリリーに電話がかかって来る。リリーはスマホを耳に当てて、「オー、イエス？　オーケー。アイル・ビー・ゼア」と答えると、こっちを向いた。

「ソーリー、今晩は急用が入ったの。悪いけど二人で食事して」

リリーは慌てて店を出ると、多忙なエギュゼクティブといった風情で車に飛び乗って去って行った。

なんか妙なことになったなと思いながら、ジェニファーと丸テーブルに座り、パスタを突っついた。気まずい沈黙を恐れるようにジェニファーは終始陽気なおしゃべりに徹し、会話を途切れさせない。彼女の子ども時代の話、ティーンエイジャーの頃に流行った曲、天気の話……。正直、どうでもよかった。僕は早く食べ終わって帰りたかったから、デザートの注文を断り、グラスに残ったジンジャーエールを一気に口に流し込んだ。

気がつくと、ジェニファーが僕の隣にすり寄っていた。そして、急に声をひそめて耳の側で囁く。

「……リリーは素晴らしい女性よ。ほんとに勇気がある人。ビジネスをやって、それからかわいそうな子たちにホームを与えて、私は彼女を心からリスペクトしてる。実は彼女、あなたが日本に行ってからうつ状態になってしまって、私のママのクリニックにやって来たの。ママから何ヵ月もカウンセリングを受けて、どうにか危機を乗り越えることができた。それからの彼女は素晴らしかったわ。ブルー・リザードを立ち上げて、仕事に没頭した。寝る暇もないほど。あなたがいない寂しさをそうやって紛らわせたのよ。おかげでビジネスは大成功。うちのパパがビジネス・コンサルタントだから経営を助けて、私も去年大学を出てから秘書になったの。私たちはみんな家族みたいなものよ」

ジェニファーはそう言って、自慢のグリーンの目で僕をじっと見つめた。透き通ったガラス玉のような目だと思った。何を考えているのかわからない。彼女の手が太ももに置かれた時、僕は意外と落ち着いていた。

「なら、僕があなたと付き合ったら、近親相姦みたいなことになりますね」と言うと、彼女はひるんだように手を離した。

僕はまだ寒風に吹かれて頬を赤くしていた少女を忘れていなかった。

家に帰る車中、ジェニファーは押し黙ってハンドルを握っていた。怒りのマグマが彼女の中でむくむくと膨れ上がっているのを感じて、十五分ほどのドライブが永遠のように感じられた。彼女がどこかに突っ込んで行くのではないかと気が気ではなかった。

翌日、リリーがアメリカ滞在用に買ってくれたスマホをベッドの上に残し、身の回りのものだけを持って豪邸を後にした。以来、一度もあそこに戻っていない。〉

第五章　葛藤

遠藤家の隣人・川村康子の話

「遠藤さんの息子さんが、近所のスーパーで子連れの若い女性と一緒に歩いているのを見た時は、もうほんとにびっくりしましたよ。あの息子さん、なんか陰気そうで、昼夜逆転の生活をしてて、正直うちの夫とちょっと心配してたんです。ほら、あるでしょう、そういう若い人が、世の中恨んで何か事件を起こしたりって……。ここにずっと住んでいて、小さい頃はすごく可愛かった。『おばちゃーん』ってなついていてて、ほんとうに笑顔を絶やさない子どもだったんですよ。でもこのところずっと暗い顔で、挨拶もそこそこ。それが、子連れの女性とニコニコしながら歩いてるんですもの、もうびっくり。

翌日、玄関先で遠藤さんの奥さんにばったり会ったので、ちょっと聞いてみたんです。『お兄ちゃん、彼女ができたの？』って。なんか複雑な表情をしていましたね。そりゃそうでしょ。子連れではね。『いや、彼女っていうわけじゃないんだけど』って言葉を濁してた。私は別にいいと思いますよ。今はいろんな組み合わせがありますから。でも、母親にとって息子は特別ね。遠藤さんはご主人を亡くしてから、給食のお仕事をしてお子さんを二人育てたんですよ。息子さんが落ち着いたらほんと安心でしょうに」

1

遠藤久美は早朝から昼過ぎまで給食センターのパートに行って、午後は昔のドラマや韓国ドラマを衛星チャンネルで録画して見るのを楽しみにしていた。慌しく体を動かした後の、自分へのささやかなご褒美タイム。下半身や二の腕、そして腹部の贅肉は気になるけれど、ちょっとした和菓子や洋菓子、それにスーパーの特売で買う煎餅も欠かせない。

コンビニで深夜勤務をしている息子は二階で寝ており、娘は大学に行っている。誰にも気を使わずに静かな午後を過ごしたら、夕飯の買い物に出かけて、食事の準備を始める。台所で立ち働いていると、息子が眠そうな顔をして二階から降りてくる。娘は学校やバイトで忙しく、七時頃に息子と二人だけで夕飯を食べることが多い。すれ違いの中、一日一度は息子と顔を合わせて、夕方のニュースを見ながら、ぼそぼそと返答する相手に世間話をし、栄養バランスを考えた食事を食べさせることができる。贅沢を言うときりがない。たぶん他人が思うよりも、久美はそんな日常に満足していた。

いや、実は自分が満足していたのだと自覚したのは、ちょっと前に異変が起きて、その長年慣れ親しんだ生活パターンがかき乱されてからだった。

一週間ほど前から、夕食を一人で食べることが多くなった。以前は夕食後風呂に入ってから判で押したように九時半に仕事に出かけて行った息子が、今や五時か六時くらいにそそくさと家を出て行く。あの母子と一緒に夕飯を食べているのだろう。

香奈子は経済的に困窮しているらしいので、もしかして食材を買ってやったり、外食で奢ったりしているのではないか。深夜労働で稼いだ金を、赤の他人に使っているのではないか。これから友哉は香奈子に貢ぐようになるのではないか。そんなことを思うと、心がかき乱される。仕事を終えた後のご褒美タイムも心がざわめいて楽しむことができなくなってしまった。

こんな時、自分はどのように振る舞ったらいいのだろう？

ドラマに出てくる母親像を思い浮かべてみる。肝っ玉母さんだったら、あの不憫そうな母子をまるごと引き受けるのだろうか？　自立した母親だったら、まずは息子が楽しそうにしていることを喜び、距離を置いて二人を見守るだろうか？　あるいは韓国ドラマによく出てくるような強引な母親なら、子持ちで訳ありな女と付き合うことに頑として反対するだろうか？

自分は、香奈子たち母子を丸ごと受け入れられるような肝っ玉母さんではない。かといって、距離を置いて見守るほど子離れができているわけでもなければ、頭から交際に反

料金受取人払郵便

新宿局承認

2524

差出有効期間
2025年3月
31日まで
（切手不要）

郵便はがき

160-8791

141

東京都新宿区新宿1－10－1

（株）文芸社

愛読者カード係 行

お名前《ふりがな》		明治 大正 昭和 平成	年生 歳
ご住所《ふりがな》	□□□-□□□□		性別 男・女
お電話番号	（書籍ご注文の際に必要です）	ご職業	
E-mail			

ご購読雑誌（複数可）	ご購読新聞 新聞

最近読んでおもしろかった本や今後、とりあげてほしいテーマをお教えください。

ご自分の研究成果や経験、お考え等を出版してみたいというお気持ちはありますか。

ある　ない　内容・テーマ（　）

現在完成した作品をお持ちですか。

ある　ない　ジャンル・原稿量（　）

書　名			
お買上 書　店	都道　　　　市区 府県　　　　郡	書店名	書店
		ご購入日	年　　月　　日

本書をどこでお知りになりましたか?

1.書店店頭　2.知人にすすめられて　3.インターネット(サイト名　　　　　　)

4.DMハガキ　5.広告、記事を見て(新聞、雑誌名　　　　　　)

上の質問に関連して、ご購入の決め手となったのは?

1.タイトル　2.著者　3.内容　4.カバーデザイン　5.帯

その他ご自由にお書きください。

(　　　　　　　　　　　　)

本書についてのご意見、ご感想をお聞かせください。

①内容について

②カバー、タイトル、帯について

弊社Webサイトからもご意見、ご感想をお寄せいただけます。

ご協力ありがとうございました。

※お寄せいただいたご意見、ご感想は新聞広告等で匿名にて使わせていただくことがあります。

※お客様の個人情報は、小社からの連絡のみに使用します。社外に提供することは一切ありません。

■書籍のご注文は、お近くの書店または、ブックサービス(0120-29-9625)、セブンネットショッピング(http://7net.omni7.jp/)にお申し込み下さい。

対するような高圧的な母親にもなれない。この状況でどのように振る舞うべきなのか？久美は、自分の役どころがわからない俳優のように戸惑っていた。

久美にとって友哉はずっと心配の種だったけど、こんなふうに迷ったのは初めてだった。

未熟児で生まれて育てるのに苦労はしたが、幼い友哉は陽気ではつらつとした子どもで、一家には笑いが絶えなかった。

彼が九歳の時に妹が生まれた。ずっと一人っ子として育てられた友哉にとっては大きな環境の変化だったに違いない。久美は息子の笑顔がだんだんに減ってきたことに気付いてはいたが、それが妹の誕生による一過性のものなのか、成長の証なのかわからないままに放置してしまった。その頃、学校で小柄なことをからかわれていたことを知ったのはだいぶ後になってからだった。

娘の誕生から一年も経たないうちに、一家は突然大黒柱を失った。夫が急性の心疾患で突然死してしまい、久美は一人で二人の子どもを育てるという想像もしていなかった状況に投げ出された。その後の二、三年は悲しみに暮れる余裕もないほど、生きて生かすことに精いっぱいだった。

父親の死は当然友哉にも重くのしかかったのだろう。笑顔が消え、口数もすっかり減ってしまったが、そのくせ給食の仕事に出かけるようになった母親を手伝って、妹の世話などは言われた通りにこなすのだった。その時期、久美と友哉は幼い優花を育てるチームでもあった。

中学時代もいじめは断続的に続き、三年生の時は不登校気味になってしまった。久美は本を読んだりカウンセリングを受けたりとできることはやってみたが、それがどの程度役に立ったかもわからない。唯一得意だった数学のおかげで商業高校に進学できた時は、心底ほっとして仏壇で夫に報告することができた。

高校卒業後は北関東の経理専門学校に進学したが、一年で実家に舞い戻ってしまった。理由を聞いても「学校がおもしろくない」と言うだけ。その時はうろたえつつも、久美は息子が戻ってきたことに、どこか嬉しい気持ちを禁じえなかった。実は友哉が家を出た後、胸の下あたりにぽっかりと穴が空き、毎朝目覚めと共にその空虚な場所がうずくので人知れず参っていたのだった。

最もつらかったのは、その後に友哉が鬱っぽくなって引きこもってしまった時期だった。「生きていてくれるだけでありがたい」と腹を括ったが、それさえもかなわなかったらどうしようと祈るような気持ちで日々を過ごし、それが年単位で長引くと出口が見えないトンネルに入り込んだような心細さで途方に暮れた。

それでも二十代後半に入る頃、息子にささやかな変化が起きたようだった。彼なりに勇気を振り絞ったのかもしれないが、部屋から出て来てコンビニでバイトを始めた。深夜なら一人きりのことが多いので気を使わなくてもいいからと、もう五年近くずっと夜勤を続けている。一生こうしているわけにはいかないだろうが、とりあえず低空飛行なりにやっと平和で均衡が取れた生活が続いていた。

どこかでくじけてしまった気弱な息子を守り、癒し、励まし、時には叱責しながら側にいることが自分の役目だった。それなのに、突然の闖入者のせいで急に自分の役割がわからなくなってしまった。

2

久美が一人でぼんやりと夕方のニュースを見ながら納豆ごはんを口に運んでいると、娘の優花が帰ってきた。

「試験中だからバイト替わってもらったの。……おかずそれだけ？」

「ごめん、早く帰って来るって知らなかったから。冷蔵庫に豚肉があるから、生姜焼きしてあげる」

「お兄ちゃんは？」

「夕飯も食べないで出かけて行ったけど」

「ははあ、香奈子さんたちとご飯食べるのかしら」

久美は手早く生姜焼きを作って、キャベツを千切りにして添え、食卓に座っている優花の前に置いた。この子のためだけに食事を作るのは珍しい。優花は、幼い頃から立場をわきまえた手のかからない子どもだった。いずれ大学を出たら東京に行って、どこか専門的な病院で看護師として働くという未来を描いている。

「お母さん、もしかして寂しがってる？　香奈子さんにお兄ちゃん取られたみたいな？」

娘は容赦ないと思いつつ、久美は口ごもりながら答える。

「寂しいとかって言うより、心配だよ。どんな人かわからないし、お子さん抱えてどんな事情があるのかもわからないし」

「まあお母さんとしたら心配だろうけど」優花はそう言うと、生姜焼きを口に入れて、「おいしいね、これ」と言った。「でもさ、心配ってきりなくない？」

「あんたも親になればわかる」

「ふーん。でもさ、お母さん、私のことはあんまり心配しないよね。心配のエネルギーをみーんなお兄ちゃんに費やして、もう残ってないみたいだね」

「あんたはしっかりしてるから」

「まあ、いいけど。でもあたしだって変な男にひっかかったりするかもよ」

「そんな、脅さないでよ。もう心配はたくさん」

「お兄ちゃん、今まで見たことないような嬉しそうな顔してる。お母さんとか私じゃ、あんな笑顔にはさせてあげられない。あたしはいいと思うな。その後どんなことになっても、一生に一回でもお兄ちゃんにも心躍ることがあったら、ゼロよりぜんぜんいいと思うよ。お兄ちゃんが笑顔になる分お母さんの顔が険しくなっちゃって、そっちの方が問題かな」

　優花は箸を置いて、水をごくりと飲むと席を立ち、一方的な通告のように言い放った。

「一応言っとくけどさ、私にも好きな人くらいいるよ」

3

ハナが口の周りを真っ赤にして、ナポリタンをほおばっている。手づかみでスパゲティを口に運ぶので、指の先も真っ赤だ。香奈子がプラスティック製のフォークを持たせようとするけど、ハナは受け付けない。一心不乱にスパゲティと格闘している。

このスパゲティも、中に入っているソーセージやたまねぎやピーマンも、味付けのトマトケチャップも、上にふりかけられた粉チーズも、さっき俺がスーパーで買って来たものだ。ナポリタンが乗っかっている折り畳み式の座卓も、ハナが座っている幼児用のパイプ椅子も、昨日俺がセカンドハンドの店で計千五百円で買って来た。ハナは俺の世話になっていることなど知る訳もなく、当然のように堂々と振る舞う。一方、香奈子は謝ってばかりだ。

「スーパーの買い物いくらだった？」

「え、いいよ。作ってもらって俺も食べるし」

「ごめんね」

「そうだ、中古屋さんで洗濯機を売ってたよ。五千円だって」

「ごめん、それはちゃんとお支払いするから、買ってもらえる？」

「いいよ。配達いつがいい？」

「いつでも。ずっと家にいるから。ごめんね、すっかりお世話になっちゃって」

香奈子は〝症状〟が悪化したらしく、ここ三日ほどアパートから一歩も出ていなかった。少しずつ春めいてきて、日差しも柔らかくなったのに、外に行きたがらない。今まで洗濯はコインランドリーに行っていたのに、下着だけを手洗いして済ましているらしい。

「こんなことじゃダメなのに」と、いつになく弱気だ。


香奈子がぽつりぽつりと話し出したことによると、症状悪化のきっかけは三日前の外出時に、どうも縁起が悪いものを見てしまったことらしい。コインランドリーで洗濯機を回している間、数軒先のスーパーに行って戻ってくると、コインランドリーの駐車場に白い車が止まっていた。ナンバーの後ろ二桁が「23」だった。車の中に人はおらず、コインランドリーも無人だったが、香奈子はパニック症状に襲われた。ハナが生まれて産院から家に戻る時、タクシーを付けて来たのが白い車で、後ろ二桁が「23」だった。白と「23」は、自分にとって最悪の組み合わせなのだと香奈子は打ち明けた。

「走ってる車で一番多いのが白だよ。『23』もいっぱいあるだろ」

「そうなんだけど……。そのあと洗濯を済ませて家に帰ってきたんだけど、ドアの前でポケットから鍵を出していた時、白い車がすーっと前の道路を抜けて行ったの。ナンバーが『69－23』って見えたわ。さっきの車が後を付けてきたんじゃないかって思って怖くなった。頭おかしいよね」

「偶然ってあるんだよ、けっこう」と、確率の問題を思い浮かべながら言う。でも、香奈子に数学の話をしても理解してもらえないかもしれない。

どうやったら香奈子を安心させられるだろうと考えていたら、色とりどりの積み木が目に入った。自分や優花が幼い頃に遊んだもので、昨日、ハナにどうかと思って持って来た。

まず紙袋の中に、赤、青、黄色、白、オレンジ、緑の六色の積み木を五個ずつ入れて、それから香奈子に一個ずつ取り出すように言った。一個目は赤、二個目は黄色、三個目はオレンジ……そんなふうに二十回繰り返して紙に記録する。

「ほら、緑は一個しか出て来なかったのに、オレンジは五個が全部出てきたよ。立て続けに三回も出てきた。だからって、オレンジが縁起悪いってこともないだろ」

香奈子は少し気が楽になったかのように微笑んだ。

「偶然ってあるんだよ」俺は香奈子には決して言えないことを心の中で繰り返す。俺がたまたま東京の香奈子にいやがらせ電話をした後、一ヵ月もしないうちに彼女がこの街にやって来て、たまたま俺が働くコンビニに現れた。しかもそれから間もなく、たまたまハンバーガー屋に座っていた俺を香奈子がたまたま見つけて、話しかけてきた。俺たちが今ここでこうしていること自体が、ものすごい偶然の産物なんだよ。

翌日、洗濯機を買いにセカンドハンドの店に行ったら、電子レンジが三千円で売られているのが目に付いた。レンジがあったら、冷凍食品や野菜もチンできるし、トーストもできる。食べられるものの幅が広がるだろうと、一緒に配達してもらうことにした。

「電子レンジは俺が勝手に買ったんだから」と、香奈子が差し出した八千円のうちの三千円を返したら、また、「ごめんね」攻勢が始まった。

正直うんざりした。俺がやっているのは純粋な親切でも下心でもなく、一種の罪滅ぼしなのだ。香奈子が窮状に陥っていることも知らずに、うまいことやっている勝ち組だと思い込んで、午前三時の電話で嫌がらせをした。不審電話攻撃は、すでにメンタルがおかしくなっていた彼女にかなり悪影響を及ぼしたのではないだろうか。

すべてを打ち明けようかと何度も思った。そうしたら、香奈子も俺に負い目を感じる必要はなくなるし、お互いにずっと気が楽になるのではないか。でも、彼女が俺という人間に不信感を抱くようになったら、またこの町で一人ぼっちになってしまう。そして俺もまた元の孤独な生活に逆戻り。俺は一日でも長く彼女の側にいたかった。

4

「たまには家でご飯食べたら？」

遠藤久美は五時頃にそそくさと家を出ようとする息子に声をかけた。できるだけ軽やかに明るい声を出そうと努めたが、実際は三日間も考えあぐねた末に口にした言葉だった。

友哉が下を向いて黙ったままなので、久美は続けた。

「香奈子さんだっけ？　あの人と一緒に食べてるの？　今度うちでご飯食べるように連れてきたら？　娘さんも一緒に。この前は娘さんが病気でたいへんだったから、ゆっくりお話もできなかったし」

息子が付き合っている女性がどんな人なのか、知っておくのは親の務めだと思った。

「……彼女、今外に出たくないんだって」と友哉はぼそぼそと言った。「ストレスとかいろいろあって、カウンセリング受けてるから。ちょっと落ち着くまで、食べ物とか買い物を届けてる。お母さんが想像しているようなことじゃないよ」

息子は目を合わせないままに、玄関ドアからすり抜けていった。

久美は顔を曇らせて、友哉が出て行ったドアを見つめた。香奈子は幼子を抱えて精神まで病んでいるのか。自分だって、子どもを二人抱えてシングルマザーになった。下の子は一歳になったばかりだった。生きるのに必死で、精神を病んでいる暇なんかなかった。香奈子は友哉に甘えているのではないか。女性に免疫のない息子が、経験豊富な女性にいいように使われているのではないか？

「甘えている」という言葉が頭に浮かんだことに自分でも驚いた。友哉が不登校になった時、専門学校を辞めて家に戻って来てしまった時、引きこもりになった時、何度この言葉を聞き、何度この言葉の残酷さに打ちのめされたことだろうか。それなのに、いざ息子が施す立場になったとたんに、自分の中からこの言葉が出てくる。母親なんてよくよく身勝手なものだ。

5

母はこれまでは女っ気がないことを案じていたはずなのに、今度は女性と時間を過ごしているることに気をもんでいるようだ。どう転んでも難癖を付けてくる。訳ありの子持ちじゃなくて、普通の女の子だったら嬉しいのか。母親が喜ぶような女性が、俺のような落ちこぼれと付き合うわけもないのに。

母の心配は察しがつく。俺が香奈子に利用されているのではと気をもんでいるのだろう。確かに香奈子は今かなり絶望的な状態だ。幼子を抱え、経済的な余裕も仕事もなく、頼る人もなく、メンタルもおかしくなっている。でも、少なくとも彼女はずるい人間ではない。中学時代のお人好しのお嬢さんだった彼女を知っているからそう思える。人の本質なんてそう簡単に変わるものじゃないだろう。

話の端々に香奈子の事情が少しずつ垣間見えてきた。

彼女の母親はハナが生まれる少し前に亡くなり、父親とは母親の四十九日の法要以来会っていない。仕事人間だった父親は、子どもの頃から香奈子に無関心だったし、ハナの父親（香奈子は夫とは言わなかった）との関係にも否定的だった。

「ハナが生まれても、お父さんは喜んでくれそうもなかったし、それじゃハナが可哀そうって思って……もうずっと連絡もしていないの」彼女はあえて感情を押し殺したような声で言った。

今日は思い切って、最近引っかかっていたことを聞いてみた。

「ダンナさんて、どんな人だったの？」

唐突な質問だったが、香奈子は不審がる様子も見せず、自分でも答えを探ろうとするかのように間を置きながら答えた。

「……それがね、おかしいと思うかもしれないけど、私もよくわからないのよ。……二年以上一緒にいたのに、結局よくわからなかったの。見かけはパシっとしたスーツに身を固めたビジネスマンって感じ。背が高くて、すごく礼儀正しくて、笑顔は魅力的でそつがない。今思えば恥ずかしいけど、初めて会った時はちょっと王子様みたいって思ったの。でも、結局中身はわからないままだった。ハナのことはすごく可愛がっていたけど、私とは距離を置いていたみたい。よく出張に出かけていて、あんまり一緒に暮らした気がしなかった」

少しほっとした。最近なんとなくよく目に入るあの男とは全然タイプが違う。ニット帽を被って無精ひげを生やして、自転車に乗ってふらふらしているフリーターみたいな若い男。この間香奈子たちと歩いていた時、すれ違った男に見覚えがあると思い、振り返るとその男もこっちを見ていた。しばらくして思い出した。家の近くで道を聞いてきた男に似ている。しかも昨日は、俺が働いているコンビニにやって来て、ふらりと店内を一回りして、適当に弁当かなんかを買って行った。

いったい何者だろうと考え、ふと香奈子の夫ではないかと疑念が湧いたのだった。単なる偶然なのだろう。どうも、香奈子の偶然恐怖症に感化されてしまったようだ。

「ダンナさんのところに戻る気はないの？」

一番気になっていることを、ついでのように尋ねた。

「ない、ない。だって、すごい嘘つきだったんだもの。年までごまかしてて。父が彼に初めて会った時、真実味がないって言ったんだけど、結局その通りだった。

でも、もっと怖いのは彼のお母さん。すごい美人で、見た目は完璧過ぎてサイボーグみたい。なのに動物みたいな目つきをしてて、トカゲみたいな、何ていうんだっけ、ほら小脳の反応で生きているみたいで、すっごい不気味なの。それで、なんかハナのことを欲しくて仕方がないっていう感じがありありで……だから逃げたのよ。このままじゃハナを取られそうだって思って。被害妄想って思うかもだけど、マジで誘拐でもされるんじゃないかって」

夫のことを考え込みながら話したのと対照的に、彼の母親については激しい言葉がすらすらと出てきた。どうも彼の母親は香奈子の本能的な恐怖に刺さっているらしい。

6

ハルは迷っていた。迷いは極限まで行っては、感覚を麻痺させる。「もうどうでもいい、どうにでもなれ」とすべて投げ出して逃避し、睡眠薬を飲んで夢のない深い眠りに陥る。そして、目覚めると再び迷いが始まる。

あの男が香奈子たちのアパートに入り浸り始めてから、心がかき乱されて気が狂わんばかりだ。「アイブ・ガッタ・ストップ・イット」と心の中で叫んでは、自問する。「バット・ハウ？」

今目の前で進行中のことにストップをかける唯一の方法は、自分自身が香奈子とハナの前に姿を現すことだ。そして家族を取り戻すのだ。「家に帰ろう、やりなおそう」と。心根が優しい香奈子のことだから、すべてを正直に打ち明けて許しを求めたら受け入れてくれるかもしれない。もう二度と嘘はつかないと彼女に約束しよう。リリーとも、リリーの会社とも縁を切ると約束しよう。

恋焦がれる気持ちとは違うけれど、彼女のことは好きだった。ハナの幸せを最優先することでは一致できるだろう。なんと言っても、ハナは二人の子どもなのだから。

しかし、香奈子の反応が読めない。嘘に嘘を重ねたハルとその不気味な母親に恐怖を覚えたからこそ、よちよち歩きの子どもを連れて当てもない無謀な逃走をしたのだ。ここでハルが姿を現したら、彼女はどう反応するのだろう？　ぎりぎりのところで踏ん張っている香奈子をこれ以上追い詰めたら、それはハナを危険にさらすことになる。

〈「正直は最善の策」と言ったのは誰だっただろう？　有名な人の有名なフレーズなのか、ローズおばさんか誰か身近な人のアドバイスだったのか、それさえも憶えていない。

でも、「正直は最善の策」なんて、まるっきり出鱈目だ。リリーは正直だった。僕が父親のことを尋ねた時、ほんとうのことを答えた。あの時リリーが上手く嘘をついて、僕の父親は彼女の初恋の人でとてもキュートだったけど親に引き裂かれたとか、事故で死んでしまったとか言ってくれたら、自分はもっとまっとうな人生を歩んでいたのではないだろうか。僕のバイオロジカル・ファーザーが顔なしのビーストだなんていう最悪のことは、リリーがお墓まで持って行ってくれたらよかったのだ。そうしたら、こんなねじれきった人間にはならなかっただろうに。〉

ねじれきった人間。きっかけは「顔なしビースト」だったとして、それから自分はどんな風にねじれていったんだろう……。ハルは寝袋の上にごろりと横になり、天井を見ながら自問する。自分ではない人間を三年以上も演じていたら、その別人がなりゆきで香奈子と子どもを作ってしまい、一緒に暮らすことになった。実感としてはそうなのだが、彼は二重人格ではなかった。ハル・ナカムラを演じていることは常に自覚していた。

完璧な男を演じるのが息苦しくなると、素の自分を取り戻す時間が必要になる。出張と称して羽を伸ばし、香奈子が待つ家に帰るとまたハル・ナカムラを演じる。

ハナの父親を自覚してからは、いつの日か自分とハル・ナカムラの境界線が交わり、一つになることを夢想した。自分はハル・ナカムラに近づき、ハル・ナカムラは自分に近づく。双方が一致点まで歩み寄ったら、虚は実になる。

そもそも、もう一人の自分を演じ始めたきっかけは何だったのか？　振り返ってみると、ハル・ナカムラはある日突然生まれたわけではなかった。どちらかというと時間をかけて進化していった動物みたいなものだった。ある時まではハル・ナカムラは特別な場合のみ使われるハレの顔でしかなかったが、なまじ使い勝手がいいために、つまり素の自分よりも女性受けがいいために、次第に自分の領域が侵されていった。

7

〈リリーの豪邸を飛び出したのは十九歳になる直前の春のことだったが、その年の暑い盛りにおじいちゃんの訃報が飛び込んできた。

僕はその頃東京で安アパートに住み、バイト暮らしをしていた。眠りについてまだ数時間しか経っていない早朝にスマホが鳴った。どうせ間違い電話だろうと無視していたが、何度もかかってくる。寝ぼけながら電話に出ると、おじいちゃんの友人（つまりサッキの祖父）からだった。

「おお、ハルか。サツキから電話番号を聞いたんだ。番号が変わっていなくてよかった。

実は達吉さんのことなんだが、落ち着いて聞いてくれ……」

おじいちゃんは前日、酷暑のみかん畑で倒れているのを発見された。そして昨夜遅くに亡くなったのだという。

羽田から真っ先に乗れる便に乗って九州に飛んだ。三年間おじいちゃんと暮らした古い日本家屋に着くと、近所の人たちが集まってあまり悲壮感もなくざわめいていた。

和室の上座に横たえられたおじいちゃんの顔には白い布がかけられていた。それをめくると、ロウのように滑らかな皮膚が現れた。僕の記憶よりも白っぽい肌の色。落ち窪んだまぶたはぴたりと閉じられ、皺に囲まれた口はもう二度と開くことはない。年齢に逆らうように精彩を放っていた目の光も、なつかしいしわがれ声も、永遠に封印されたのだった。

近所の人たちは、異口同音に「みかん畑で倒れるなんて達吉さんらしい最後だった」と言っていた。数人の顔見知りがハルのところにやって来て、「最後の三年間をひ孫と暮らすことができて幸せだっただろう」とか、「ひ孫との暮らしは人生最後の喜びだったに違いない」とか、僕を慰めるように声をかけてくれた。

軽く肩を叩かれて振り返ると、サツキのおじいちゃんが日焼けした顔に白い歯を見せて立っていた。「ハル、よく来たな。元気か?」と笑いかけ、「おじいちゃんは、大往生だよ」

と慰めるように言う。そして、「サッキはここを出て保育士になる勉強をしてる。もう彼氏もできたみたいだぞ」と付け加えることも忘れない。僕の気持ちを知って、釘を刺しているのだろう。可愛い孫娘にふさわしい人間だとは思われていない。僕はポーカーフェイスのまま、静かに深く諦めの底に沈んでいった。〉

〈翌日、リリーとローズおばさんとジェニファーがアメリカから到着した。

四ヵ月ぶりに会ったリリーは、母子の間に何の問題も存在しないかのように僕を抱き寄せると涙を浮かべた。僕との再会に感極まったのか、おじいちゃんを弔って泣いているのか、正直わかりかねた。

僕は黒い細身のパンツと黒い襟付きのシャツを着ていたが、リリーは「やっぱり、喪服持ってないのね」と言って、ハンガー付きのスーツの包みをよこした。

「ジェニファーが福岡の空港の近くで買ってくれたのよ。あたしは日本のメンズ・スーツのサイズなんてぜんぜんわからないし、ほんと、彼女がいなかったらどうなったことか」

「ハイ、ジェニファー」と僕が挨拶すると、ジェニファーは四ヵ月前の気まずい出来事など忘れたかのように穏やかな笑みを浮かべて、「ハイ、ハル」と返した。

黒いスーツは、まるで仕立てたかのように僕にぴったりだった。

「ワオ、ユー・ルック・ワンダフル」ローズおばさんが、僕の方を見て目を細めていた。

「イズント・ヒー？」と、リリーが葬式にはふさわしくないような満面の笑顔で頷いた。

「こんなにスーツが似合う男って見たことないわ。親バカかしら？」〉

〈「ユー・メイド・ミー・リアリー・ウォリード、ユー・ノウ？」おじいちゃんの葬儀の後、参列者で膳を囲んでいる時、隣に座ったリリーが耳元に囁いた。「あんたを永遠に失ったと思ったの。だから人に頼んで居場所を突き止めた。アイ・ハブ・マイ・スパイズ」リリーはそういってウインクしたが、とても冗談とは思えなかった。

「スパイ？　アー・ユー・ア・ストーカー？」

「何言ってるの？　何週間もの間、息子がどこにいるかも、生きているのかさえわからなかったのよ。もう会えないかと思ってずっと眠れなくて……。連絡先くらいちゃんと教えてくれたら、変なことをしなくてもいいのに。どこで何しているかさえ教えてくれたら、もうあんたの人生に干渉はしない。日本で暮らしたいならそれもいい。ちゃんと自立できるように大学の学費くらい出すわ。それが親の務めだもの」

僕は日本の大学に入って、ゆくゆくは日本国籍を取ろうと思っていた。東京でドラッグ・ストアとファミレスで掛け持ちのバイトをしながら、合間に家具付きの安アパートで受験勉強をしていたが、部屋の壁が薄くて隣人の咳払いやいびきまで聞こえてくる。バイトが終わった後は、隣の部屋のテレビの音にイラつきながらスーパーの割引弁当を食べて、イヤホンをして寝てしまう。とてもではないが受験勉強がはかどるような環境ではなかった。

結局、安易な道を選んだ。時々連絡する代わりに、リリーは学費や生活費を出す。

「ソー、イッツ・ア・ウィンウィン・ディール、イズニット？」

「ウィンウィン」とビジネス・ウーマン気取りかと思うと、すぐさま相変わらずの支離滅裂ぶりが露呈する。「あんたの人生に干渉はしない」といった舌先も乾かないうちに、「で、大学で何を専攻するの？　ビジネス・アドミニストレーションはどう？　いずれ私の会社を継いだらいいわ」とか言い出して僕をうんざりさせるのだった。〉

8

『リリーと僕の物語』はそろそろ終わりが見えて来ていた。これを書き上げたら、何かが見えてくるだろうか？　これを書き終えたら、次の行動に移れるだろうか？　ハルは明け方までペンを走らせた。

〈おじいちゃんの死から半年が過ぎ、外国人枠で都内のそこそこ名の知れた私立大学に入学が決まった。

「ヘイ、グッド・ニュースだよ」とリリーに電話で教えると、「アイム・ソー・プラウド！」と弾んだ声が聞こえてきた。中学校さえもろくに終えることのできなかったリリーにとって、息子の大学進学はとりわけ誇らしいことだったのだろう。

「何の勉強するの？」と聞かれて「ビジネス」と答えると、電話の向こうでやたらに興奮している様子がびんびんと伝わってくる。数学以外の理系科目が苦手だったので理工系を諦め、歴史や哲学や文学は日本語が不十分だったから諦めという消極的選択だったのだが、リリーは僕が自分の事業を継ぐ意志の表れと勘違いして有頂天になっている。

「まずは学校の近くに引っ越さないとね。マンション借りるより買った方がいいんじゃない？　投資にもなるし、ジェニファーがいいところを探してくれるわよ」

「いや、賃貸でいいよ。引っ越したくなるかもしれないし」

ちょっとでも気を許すと、先っぽに輪が付いた紐が飛んできて、からめとられそうになる。〉

〈大学一年の春休みのこと、リリーがいつになく事務的な様子で電話してきた。東南アジア三ヵ国でブルー・リザードの代理店や代理店候補の小売業者を招いてパーティするので同行してほしいと、社長命令のように言う。暇だったし、旅行みたいなものだろうと考え、「オッケー」と答えた。これもまた、「先っぽに輪が付いた紐」だったかもしれないと思ったのは、後になってからのことだった。

アメリカと日本しか知らなかった僕にとって、バンコクは初めての異国だった。ムッとする暑さと湿気に包まれた空港に降り立つと、リリーとジェニファーが待っていた。曽祖父の葬式の時と同様にスーツ、さらに靴も用意してあった。仕立ての良いスーツはもちろんのこと、靴もサイズがぴったりだった。

悠然とした笑みを浮かべて、南国風な内装を施された高級リゾート・ホテルのパーティ会場に入っていくリリー。その一歩後ろを歩く僕にも四方八方から視線が集まった。スウェット姿で飲んだくれていたヤンママとその小心者の父なし子が、あれから五年しか経っていないのに二人で拍手や喝采を浴びている。ブルー・リザード化粧品のシェアが高い東南アジアでは、リリーはすでにセレブ扱いで、ブランドの愛用者たちにとってはカリスマ的存在となっていた。その週、地元のネット・ニュースには、「リリー社長、赤いドレスで究極の美。エスコートは年下の恋人？」などという記事が出回った。

「そのヤング・ラバーがマイ・ハンサム・サンだって知ったら、みんなびっくりよね。イズニット・ファン？」とホテルでニュースを目にしたリリーは上機嫌だった。そしてその時から、僕も自分が別人になり得ることを知り、その快感を覚え始めたのだった。〉

〈大学生の中村春樹は、華やいだ声を交わしながら教室や学食を回避する女の子たちに話しかけるどころか、目を合わせることもできないようなヤツだった。授業が終わると家に帰って一人で弁当を食べ、家でゲームをしているか、ベッドに寝転んで音楽を聴いている。もちろん性体験もない。自分のＤＮＡの半分は性犯罪者のもの。女性とそういう関係を持つことは、その半分が目覚めること。それは底知れない恐怖だった。

しかし高級スーツに身を包んだ年齢不詳のハル・ナカムラが海外出張中のビジネスマン風情で出歩くと、ホテルのロビーも、浅草のお寺も、地下鉄の切符売り場も、ヒップホップがガンガンかかっているクラブも、大型スーパーの食品売り場でさえも、女性との出会いの場になるのだった。そしてハル・ナカムラは、中村春樹がぜったいにやらない、いや、できないことをいとも簡単にやってのける。フレンチのフルコースを食べ、クラシック・コンサートに行ったかと思うと浅草の寄席で笑い、東京の夜景を見ながらドライブして、女性とホテルに行く。大人の男を気取るハル・ナカムラのお相手は、実際の自分よりも年上の二〇代後半から三〇歳前後の女性が多かった。

もしかすると、僕はセックスをするためにハル・ナカムラを作り上げたのかもしれない。嫌味にならない程度に洗練された服を着て、ジムに行って体を作り、完璧なマナーも学習した。レディー・ファーストという習慣がないこの国では、ドアを開けて女性を先に通したり、立っている女性に椅子を勧めたりという些細なことで、面白いように女性を落とすことができるのだった。

ハル・ナカムラは、数ヵ月に一度、アジアの各地で開かれるイベントやパーティでリリーをエスコートするようになった。リリーは大喜びで「謝礼」を弾み、それはハル・ナカムラをさらに磨く原資となった。大学の最終年には都心の１ＬＤＫに住み、ミニ・クーパーを乗り回していた。〉

〈そして金は人間を甘やかす。ダメにする。同級生たちが月給二十万円の就職先を見つけようと必死になり、あるいは退屈な研究をするのに大学院を目指すのを横目で見ながら、僕は何もしなかった。

結局卒業後はブルー・リザードのセールス＆マーケッティング部門に入り、アジア地域でのセールスと日本進出を進めるという名目でリリーの会社から月々二百万円を振り込んでもらうようになった。日本の法律を調べ、許認可や輸入に関わる各種手続きを進め、代理店を探すなど、やるべきことはわかっていたが、どうしても腰が重くなる。結局、東南アジアや台湾や韓国に出かけて行って、代理店を訪ねては仕事をしたフリをする。

時々出張先で、「気配」を感じることがあった。「アイ・ハブ・マイ・スパイズ」とリリーは冗談めかして言ったけど、彼女の忠実なしもべたちなのか、お金で雇われた人間なのか、青いトカゲのグッズをちらつかせて、わざわざ見張っていることをほのめかす。スパイた

ちが僕を監視しているということと、監視していることを僕に知らしめることは別の話だが、その意図は測りかねた。〉

〈さらに不気味なことに、僕が香奈子と一緒に暮らすようになってから、スパイたちは青いトカゲを香奈子の前でもちらつかせるようになった。それはハナが生まれてからも続いた。「ウィ・アー・ウォッチング・ユー」とばかりに僕の妻を怖がらせるのは、脅しか嫌がらせとしか思えなかった。それがリリーの命令なのか、リリーのスパイたちの越権行為なのかはわからない。

一つだけ明らかなことは、リリーとその一味を僕の新しい家族に近づけるべきではないということだった。婚姻届を出さなかったのは、年齢詐称がバレるという単純な理由もあったが、それ以上に香奈子やハナを僕のおかしな母親やその取り巻きと関わらせたくなかったからだった。

それなのにリリーは僕の家庭に無断で乱入してきた。僕の留守に自宅を訪ね、香奈子とハナに接触し、青いトカゲが付いたナイトクリームを贈って香奈子を脅かした。彼女はその翌日、幼いハナを連れて家を出た。香奈子が未入籍の件などで僕に不信感を募らせてい

たところにリリーが引導を渡し、家庭を崩壊させたのだ。〉

9

遠藤久美は息子のジーンズを洗濯しようとしてポケットの中を確認した。友哉はアレルギー性鼻炎なのでしょっちゅう鼻をかむのだが、何度言ってもティッシュが入ったままジーンズを洗濯機に入れてしまう。だからポケットをチェックするのは長年の習慣になっていた。

その時、ティッシュと共に、一枚のレシートがポケットから出てきた。

「スパゲティ、ケチャップ、ピーマン一袋、玉ねぎ一個、ソーセージ一袋、粉チーズ、卵、トイレットペーパー……」

レシートの数字に目を走らせる。長年やり繰りしながら子育てをしてきた久美には、その数字の意味が手に取るようによくわかった。それは最低価格の商品から注意深く選ばれた買い物の跡だった。卵は十個で一〇八円。ソーセージは一四八円。タマネギは三十八円のものが一つだけ。全部特売だったのだろう。日付は一週間ほど前。この慎ましい買い物の後、香奈子がナポリタンを作り、三人で食べたのだろうか。

一枚のレシートから、スーパーで一つ一つ値段を吟味しながら品物を選んでいる息子の姿が目に浮かんだ。胸が熱くなり、友哉への愛しさがこみ上げる。そして娘の優花の言葉が蘇った。「一生に一度でも心躍ることがあったら、ゼロよりぜんぜんいいよ」と。


二日後、久美はじゃがいもや大根をふんだんに入れて、大鍋でおでんを作った。練り物よりもがんもどきを増やしたのは、小さい子どもにはそのほうが食べやすく健康的だろうと思ったからだった。そして、五時頃にこっそりと家を出ようとする友哉の背中に声をかけた。

「おでんを作り過ぎちゃったよ。香奈子さんたちにも持ってってって」

振り向いた息子の顔が劇的な変化を見せた。無表情から一瞬の戸惑いを経て、笑顔が弾けた。まるで曇天が一瞬にして晴れ上がり、陽光が差し込んだようだった。友哉のこんな無邪気な顔を見たのは小学校以来ではないだろうか。

大きな紙袋の中には、汁が漏れないように三重にビニール袋で包んだ特大のタッパーが入っている。友哉は紙袋を受け取ると、小声で「ありがとう」と言って、母の目をしっかりと見据えてはにかんだ笑みを返した。

心持ち軽やかな足取りで去って行く後ろ姿をドアの隙間から盗み見るように追いながら、久美は今日の友哉の笑顔を一生忘れないだろうと思った。

10

母が詰めてくれたおでんを鍋に移してコンロで温め、座卓を囲んだ。

香奈子は大根を口に入れると、「味が染みてておいしい」と言った。ハナは香奈子がフォークで砕いた卵を子供用のスプーンで突いている。

「いいなあ」と香奈子が続ける。「マメオくんの家族は、あったかいよね。妹さんもお母さんも。あたしがマメオくんのお母さんならどうかな。もっとマトモな人と出会ってほしいと思ったよね、きっと」

「そんなことないだろ。カナッペは俺よりずっとマトモだよ」

そう言いながら、なぜ母親が急に態度を軟化させたのだろうと考える。心の内は正直よくわからないが、母親が香奈子とのことを「承認」してくれたことに自分自身が驚くほど安堵している。いい年をして未だに母親の反応が気になる。香奈子には知られたくない事実なのでポーカーフェイスを心がけるが、「なんか今日はいい表情をしてるね」と言われた。

11

優花もバイトで帰りは遅くなると言っていた。久美はそそくさとおでんの夕食を済ませると、パソコンで郊外ショッピングモールの映画館の上映作品と時間を確認した。新聞でアカデミー賞候補と話題になっている作品のレイトショーが一時間後開始となっていた。

軽自動車を走らせると、街の明かりに心が浮き立った。ほてりを感じて窓を少し開けると、夜風が頬を撫でて通り抜けた。夜風さえ春めいている。この時間に母親が車で映画館に向かっているなんて、子どもたちが知ったら驚くだろう。

駐車場に車を止め、チケットを買い、コーラも買って、上映しているシアターに向かう。友哉や優花が幼い頃、子ども向けの映画に連れて来ては何度も行った一連の動作。しかし、これを自分のためだけにやったのは、五十七年生きてきて初めてのことだった。

映画を見ている間、友哉のことにも、日々のあれやこれやにも思いをめぐらすことなくスクリーンに集中することができた。厳密に言うと、一度だけ無職の親に振り回される若い男性主人公のまなざしが息子を思い出させたが、それ以外はどっぷりと怒涛のストーリーにひたって映画を堪能することができた。

家に帰ったのは十時前だった。台所で洗い物をしていると優花が帰って来て、勝手に鍋からおでんを盛り付けて食べ始めた。冷蔵庫から麦茶を出してコップに注ぎ、娘の前に置く。

「これ、味染みてておいしい」

「お兄ちゃんも持ってったよ。友だちのところに」

「へー、お母さんやっと認めたのか。お兄ちゃん、よかったじゃん」

久美は今夜のちょっとした冒険のことを優花に話そうかと思って、止めた。別に隠すようなことではなかったが、それが自分にとってどういう意味があるのかを二十歳ちょっとの娘にわかってもらえるとは思えなかった。綺麗な貝殻をそっと引き出しにしまうように、心に納めておいたほうがよさそうだと思った。

12

ハルは、再び「気配」を感じていた。

リリーと完全に連絡を絶ってからもう一ヵ月以上になる。彼女のスパイたちは当然もう調べ上げているはずだ。東京のマンションには誰もいない、ハルが出張に行っているという報告もない。携帯さえも解約したとなると、リリーはひどく動揺して、あの手この手で息子を探したことだろう。そして彼女の優秀なスパイたちは、もうこの辺にやってきているに違いない。

ハルは心を決めた。もう逃げている場合ではなかった。リリーやその取り巻きが次に何を企んでいるのかは知らないが、自分は家族を取り戻してハナを守るだけだ。香奈子には平謝りで許しを請う。できるだけ早く婚姻届を出し、ハナを認知し、日本国籍を取る。

最も大事なことは、もう経済的にブルー・リザードに頼らないことだ。自分の最大の問題は、母親から経済的に自立しなかったこと。リリーからお金を貰いながら逃げ回っていた自分が一番悪い。今度こそリリーから自立して、裏表のない夫、ほんとうの父親にならなくては。今までのような暮らしはできないけれど、香奈子と力を合わせれば、生活はできるはずだ。

タイミングを計って、二人の前に姿を現そう。できるだけ早いうちに。そう決心し、心が決まったことに安心して、ハルは久しぶりに睡眠薬なしで深い眠りに落ちて行った。

13

香奈子はハナの様子に戸惑っていた。今週はやっと引きこもり状態から脱出し、スーパーに買い物に出るようになったのだが、商品を手に取って見ていると、カートに座っているハナが急に「パパ！」と声を上げた。

「どうしたの？」と尋ねると、満面の笑みを浮かべてもう一度「パパ！」と言う。ハルに似た人でも見かけたのだろうかと周りをキョロキョロしても、初老の夫婦と子連れの女性しか見当たらなかった。

昼寝から目を覚ました時も、いきなり「パパいたね！」と言う。「どこに？」と聞くと、

「あっち」と言う。夢にでも出てきたのだろうか？

夕方、いつものように通勤途中に立ち寄ったマメオが「なんか心配事？」と尋ねてきた。どこか上の空なのに気付かれたのだろう。

「いえ、ちょっと頭痛がして」と答えると、マメオは出勤時間までハナと遊んでくれた。

第六章　失踪

警察官・森本健太の話

「通報があったのは四月一日の午前九時頃のことでした。出勤して今日はエイプリル・フールだな、などと馬鹿なことを考えていた時です。『娘がいないんです！　消えちゃって、どこにもいないんです！』という女性のつんざくような叫び声が受話器から聞こえてきました。パトカーで現場のアパートに行くと共に、応援を頼みました。十人体制で近隣を探しましたが見つからず、山崎香奈子さん、つまり行方不明のお子さんのお母さんから私が詳しい話を聞きました。

一歳八ヵ月という幼い子どもさんのことですから、事故等でなければ連れ去りの可能性が高いと、まあそういう場合は家庭の事情や交友関係なども関係してくることが多いので、正直に事情を話してもらう必要があるんですよ。山崎さんはシングルマザーですしね。何か複雑な事情があるんではと。

事情聴取で、お母さんは唇を噛みしめながら事情を話してくれました。『こんなことがあるんじゃないかとずっと恐れていました』と言うので、『何か心あたりがあるのですか？』と尋ねました。『ハナの父親か、その母親か、その周辺の人たちです。ブルー・リザードっていうアメリカの化粧品会社で、ちょっとカルトっぽいんで……。何かの理由で、ハナを欲しがっていたと思います。ずっと彼らから逃げていたんです。お願いします。ハナを見つけて……』その後は言葉になりませんでしたね。

ただ、その線だけでいいのかという話も出てきたのは確かです。ちょっと話が妄想っぽい。山崎さんは強迫神経症の診断を受けて、心療内科に通院中でした。それから彼女が最近付き合っていた男にもちょっと変なところが出てきた。まあ、不審電話がらみなんですが……」

1

その日は快晴だった。香奈子はいつものように朝の洗濯物をベランダに干していた。

「これはクマさんのおうち！　これはおふとん。もうあさですよー」ハナは洗濯かごをぬいぐるみの家に見立てて遊んでいた。

その時、玄関の呼び鈴が鳴った。たまに仕事を終えたマメオが差し入れを持って寄ることがある。ちょうどそんな時間だったので、香奈子は小走りに部屋を抜けて玄関に行き、ドアを開けた。が、そこには誰もいなかった。サンダルをひっかけて表に出て周囲を確認したが、人っ子一人目に入らず、カラスが電柱からバサバサと飛び立った以外は、前の通りは不思議なくらいに静まりかえっていた。

ベランダに戻ったらハナがいない。

部屋の押し入れやユニットバスも探したけどいない。

「ハナー、ハナー」

香奈子は半狂乱で娘の名を呼びながら玄関から飛び出した。北側のアパートの入り口の繁み、南のベランダ側の駐車場、物置や周辺で目に付くすべての物陰を探して走り回る。

「ハナー、ハナー」

道行く人は一瞬振り返るけど、犬か猫でも探しているのだろうという風に素早く無関心に戻って通り過ぎる。見回してみると、小さな子どもが隠れそうな物陰が際限なくあることに気付いたが、人の家の敷地に入って行って探すわけにもいかない。こうしているうちに、ハナがフラフラと道路に出て車にひかれたら?

香奈子はアパートに駆け戻り、リュックの中からスマホを取り出した。「格安のやつだから」と、三日前にマメオが契約してきてくれたものだった。震える指で110番を押すと、

「どうしました?」と事務的な声が聞こえて来た。

「娘がいないんです！　消えちゃって、どこにもいないんです！」香奈子は悲鳴のような声を張り上げた。聞かれるままに住所とハナがいなくなったいきさつを伝えると、オペレーターが近くの交番に転送してくれた。香奈子はもどかしげに同じことを繰り返し伝えた。

それから履歴を出してマメオに連絡する。

「ハナがいなくなったの。どこにもいないのよ」

「わかった。すぐ行くから。今家の前まで来たとこだけど、バイク取って行くからちょっと待ってて」マメオは仕事が終わって家に帰り着いたところだったらしい。


「ハナ！　ハナ！」

マメオがバイクでやって来た時、香奈子は再びアパートの前の通りを右往左往して娘の名前を呼んでいた。ほぼ同時にパトカーが到着して、中から三十がらみの人の好さそうな警官が出てきた。

「交番の森本です。奥さん、落ち着いて事情を教えてください」と警官は穏やかに言った。

「ベランダで洗濯物を干していたら、玄関の呼び鈴が鳴って……ハナはその時ベランダの内側にいて、洗濯かごで遊んでいました。それで玄関に行ってみたら、誰もいなくて、おかしいなと外をきょろきょろして、すぐまたベランダに戻ったんです。そしたらハナがいなくなっていて……。家中探してもいないんです」

「その間、どのくらいの時間でした？」と森本さんが香奈子に尋ねた。

「……たぶん三十秒くらい……。ぜったいに一分は経っていないと思います」

警官は部屋に入って、ベランダを検分した。ハナがさっきまで遊んでいた洗濯かごがひっくり返って転がっていた。

「二歳にならないようなお子さんが、これを乗り越えたとはとても考えられない」

警官は一メートルほどの柵に目をやりながら、携帯を取り出して上司と思われる相手としばらく話し、それから香奈子のほうを向いた。

「ちょっともう少し詳しく事情をお聞きしていいですか。その間、我々が周辺を捜しますんで。小さなお子さんがこんな風にいなくなった時は家庭の事情と関係していることもありますんで、ちょっと立ち入ったことをお聞きすることになりますが。さっき一緒におられた男性はお父さんですか？」

お父さん？　警官がハナを探してアパートの南側に面した貸駐車場をうろうろしているマメオを見やったので、やっと質問の意味がわかった。

「いえ、いえ。ハナの父親は別で、彼は友人です」

「では、そのお父さんは今どちらですか？」

「家は東京にあるんですけど、出張がちなのでどこにいるかはわかりません。あの……話せば長い話なんですが……でも誰かが連れ去ったとしたなら、ハナの父親か、その母親か、その周辺の人たちだと思います。それ以外考えられない」

香奈子が部屋で立ったまま警官に事情を話していると、ベランダのフェンスの向こうからマメオが顔を出して、「あの、これ」と手にしていたものを警官の方に差し出した。ハナが遊んでいたクマのぬいぐるみ。香奈子は息を飲んだ。

「どこにあったの？」

「そこに落ちてた。駐車場の入り口近くに」

「ちょっとそこで待っててください。正確な場所を教えてもらいたいんで」

警官は慌てた様子で玄関から出ていくと、アパートの脇をぐるりと回って駐車場に向かった。香奈子もその後を駆け足で付いて行く。

「ここに落ちていました」と、マメオが入り口の植え込みのところを指さした。

2

ハルがベランダのフェンス越しに「ヘイ、ハナ！」とささやきかけると、ハナはにこにこしながら、「パパ！」と言った。二ヵ月近く会っていなかったのにハナが父親を忘れていなかったことが奇跡のように思えた。

ベランダのフェンスの上から腕を差し入れてハナを引っ張り上げると、ハナはハルの首に腕を回して抱き着いてきた。思わずそのふっくらとした滑らかな頬にキスをする。

ハルはハナをしっかりと胸に抱いて、駐車場の入口に停まっているブルーのレンタカーの後部座席に駆け込んだ。呼び鈴を鳴らす役を終えたリリーは、すでに運転席に戻ってハンドルを握っていた。ハルができるだけ音を立てないように後部座席のドアを閉めると、リリーが間髪を入れずに発進した。リリーは「作戦成功ね」と痛快そうな笑い声を上げたが、ハルはこんなことで母親と共犯にはなりたくはなかったと、苦々しい思いでそれを聞いた。

それでも久しぶりに娘を抱けたことで頬が緩んでしまう。「ハナ、パパとちょっと遊びに行こうね」と、腕の中の娘に話しかける。ふわふわの薄い髪の毛に頬ずりをすると、なつかしいハナの匂いがした。

運転席では、サングラスをかけたリリーが正面を見つめてハンドルを握っている。ハルには、それがまるで映画か何かの脱走劇のヒロインを気取っているように見えた。今や自分もその一部だ。今はとにかくここを離れなければ。できるだけ早く、できるだけ遠くに。

高速道路のカメラを避け、ひたすら県道を南に向かった。ハルは膝の上で眠りに落ちたハナの顔をずっと見ていた。驚くほど長いまつ毛と半開きの口は相変わらずのハナだが、合わないうちにずいぶんと大人びた気がする。赤ん坊というよりは、もう幼児になりつつある。小さな手を自分の指で包み込み、その柔らかな感触を確かめる。

二時間ほど走ったところでハナは目を醒ました。ちょっとむずかったが、ハルが背中をトントンとすると大泣きには至らず、口を一文字にして窓の外を見ている。泣いたり騒いだりしても仕方がないと思うと黙り込むところが、いかにもハナらしい。

「リリー、なんか食べたり飲んだりさせないと。紙オムツも必要みたいだ」と、運転席の母親に声をかける。

近場のスーパーの駐車場でハナを抱き上げて車から降りた時、ハルはハナが靴を履いていないことに気付いた。ベランダにいたのを連れてきたのだから当たり前だ。小さな足にピンク色のソックスを履いている。「靴も買ってあげなきゃ」とハルが言うと、「グランマが可愛いの買ってあげるわよ」と、リリーが振り返ってまぶしい笑顔を見せた。

スーパーでハナの好物のりんごジュースと蒸しパンをカゴに入れ、お惣菜コーナーでおにぎりやサンドイッチを物色する。ハナはハルが押すカートの子ども用シートに座って足をぶらぶらさせている。リリーはそんなハナを脇からあやしている。傍から見ると自分たちは夫婦と子どもの三人家族に見えるのかもしれないと、ハルは思った。ジーンズに大柄な青っぽいチェックのシャツを着たリリーは、一歳児の母親でも全然おかしくなかった。「腹ごしらえをしたら、次は靴を買いに行きましょ。チャイルド・シートも必要ね」と、リリーは張り切っている。

ハルにとって、この状況はまったくの予想外で、ひどく混乱していた。香奈子とハナを取り戻して三人で家に帰ろうと決心した矢先、どうしてこんなことになってしまったのだろう。ここまでやっていいのか、やる必要があったのか、半信半疑のまま事態が進行している。

3

昨日、つまりこんなことになるまさに前の日のこと、ハルは香奈子とハナのすぐ側まで行った。スーパーで買い物をしている二人にそっと近づいていくと、カートにこっち向きに座らせられたハナと目が合った。

絶好のチャンス。声をかけるなら今なのに、どうしても最後の一歩が踏み出せない。振り向いた香奈子が恐怖の表情を浮かべ、悲鳴を上げて逃げ出すシーンが目に浮かんでしまうからだ。

ハナが「パーパ！」と声を上げた。とたんにハルは怖気づき、陳列棚の陰に身を隠して、周囲を見回している香奈子の視線を逃れたのだった。

どうして自分はこんなに意気地なしなんだろう。すごすごとマンションに戻ったハルは、作戦を練り直していた。香奈子を驚かせないように、まずは手紙を書いたらどうだろう？

あるいは弁護士か誰か仲介者を立てたら？

床にひっくり返ってそんなことを思案していると、玄関のドアを軽くノックする音が聞こえた。ハルはインターフォンの電源を切っているので、押し売りもやって来ない。どうせテレビの視聴料の集金だろうと無視していると、さらにドンドンと激しい音がした。何ごとかとチェーンを付けたままドアをわずかに開けると、なんとリリーが立っていた。

「ハル、レットミー・イン」かすかにしわがれた声で彼女はささやいた。「話があるの。ハナのこと。イッツ・ベリー・インポータント」

リリーはわざとらしく周囲を確認してから部屋に滑り込んできた。

「ハル、会えて嬉しいわ。いつ以来かしら？」声を張り上げながらショルダーバッグから取り出した紙には、「この部屋は盗聴されている。ハナが危ない」と書かれていた。

「なんかお腹がすいたわ」リリーは台所に行くと冷蔵庫のドアを開けて演技を続ける。

「空っぽじゃない。いったい何食べて生きてるの？　何か食べに行こう。成田でレンタカー借りて、ここまで五時間かかったわ。疲れたから運転をお願いね」

リリーはいつもこんな風に突然現れる。劇的に、そして破壊力を持って。

「手短に話すわ」リリーは助手席に座ると話し始めた。それは手短どころか、延々と続く独白の始まりだった。

「ハナ・イズ・イン・デンジャー。ブルー・リザードのクレイジーな連中が、ハナの誘拐をもくろんでいるの。三人のうち一人はもうすでにこの辺にいて、あんたや香奈子さんやハナを監視してる。残りの二人も明日にはやって来るわ。香奈子さん、ぼやっとしてたらやられてしまう。その前に、私たちがハナを保護しなきゃ」

「クレイジーな連中って、そんなこと止めさせればいいじゃないか。社長なんだから」

「イット・イズント・ホワット・イット・ルックス・ライク。まず言っておくと、私はただのお飾り社長よ。権限なんてないに等しい。私の命令を聞くのはほんの一部の崇拝者だけだったけど、今その子たちが暴走してるの。アウト・オブ・コントロールなのよ」

「じゃあ、誰が権限を持っているの？」

「あの会社はジェニファー一家のファミリー・ビジネスみたいなものね。ジェニファーの母親のサラが私の精神科医だったっていうのは知っていると思うけど、彼女は巧みに私をその気にさせたの。彼女の夫のダグがビジネスマンで、彼が実質的に経営はやるから、会社をやってみたらって。私なんかが起業できるなら、世の中の女たちが勇気付けられるって。あたしみたいに性暴力の被害に遭った女たちの希望の星になれるし、ハルも私のことリスペクトするようになるって」

「……あなたも見たでしょ。アメリカの家に来ていた時、そこらへんをうろうろしていた子たち」独白は続く。「サラが自分の患者をあの家に住まわせたの。性暴力のトラウマを抱えているケースでかわいそうな子たちだけど、正直、私は人助けなんかに興味はない。自分のことで精一杯なのに、マザー・テレサを期待されても困るだけ。でも、サラは私が息子以外の人間をケアすることでグローアップできるって……。あの家だって名義は会社だし、私の家なんかじゃない。心を病んだ女の子たちの施設の寮長さんみたいなことをやらされてたのよ。社長の顔と慈善家の顔。そんなの演じたって楽しいわけもないけど、最初はちょっと興奮したわ。ばっちりメイクして、綺麗な服着て、ゴージャスな家に住んで、あっちこっちでチヤホヤされて、一介の貧しいシングルマザーが大変身ってわけ。まあちょっとは気がまぎれたけど、正直もううんざり」

ため息とも思われる音を立てて、リリーはそこで一呼吸入れた。

「ジェニファーの一家はインテリだし、偽善的でお金が好きだとしても、ふつうにビジネスをやりたいだけなの。だからかわいそうな子たちが私のカルトみたいになっていることに気付いて、慈善事業から撤退しようとした。男嫌いのラディカル・フェミニズムとかカルトとか噂されるのはビジネス上得じゃないと判断したわけ。一方であの子たちは居場所を失いたくないから、『綺麗で、悲しくて、崇高なリリー様を守ろう』って、だんだん過激になっちゃったのよ。

　彼女たちはびっくりするほど私に忠実だった。私が命じたら人殺しでもやってしまいそうな感じ。まあ、私も悪かった。あなたが高校卒業後にアメリカに来たあとにいなくなっちゃったでしょ。あの時、私はもう一生ハルに会えないんだと思って、パニックして泣きわめいて、あの子たちに当たりちらしたの。それでもってあの子たちの中から三人を選んで『ハルを探して』ってミッションをさずけた。それ以来、三人組はあんたをずっと追いかけて監視してる。香奈子さんと一緒になったことも、ハナが生まれたことも、香奈子さんに逃げられたことも、みんなあの子たちから報告があったの」

　信者たちが勝手にやったみたいな言い草に腹が立った。

「それは、結局自分がやらせたんだろ？　もうスパイは止めろって命令して、お金を出さなきゃよかったんだよ」

「だって、あんたはフラフラしていつまた消えてしまうかわからなかったから、居所くらいは知っておきたかったのよ。実際もう二年以上私とコンタクトを取ろうとしなかったじゃない。怒らないで最後まで話を聞いて」

リリーはわずかに神妙な風を装いながら、話を続けた。

「それで、香奈子さんから私が乳がんになっちゃった話は聞いた？　話した次の日に彼女が家出しちゃったみたいだから、たぶんノーね。エニイウェイ、去年乳がんが見つかって、手術を受けたのよ。それで私もいろいろ考えて、香奈子さんにアメリカに来て近くに住まないかって誘いに行ったの。あんたにも本格的に会社の経営に参加してもらおうと思って。だって私に何かあったら、あんたはさっぱり役に立っていないんだから即クビよ。そして会社は完全にジェニファー一家のものになる。唯一のソルーションは、こっちもファミリーで対抗することだと思ったの。ハナが生まれて家族になったんだから、助け合ったらいいと思っただけ」

「その時、彼女にブルー・リザードの商品をあげただろ？　あれでフリークアウトしたんだよ。ハナが生まれる前から、青いトカゲのマークを付けた人たちが後を付けてるって怖がってたから。スパイたちをうろうろさせた挙句に、彼女の家出の引き金を引いたんだ」

「そうだったの？　怖がらせて悪いことしたわ。でも、あんたはまだ彼女に未練があるみたいね。彼女の側でうろついているところを見ると」

「ハナが心配だから側で見ていたかったのさ」

「まあ香奈子さんはあんたのタイプには見えないし……。もう新しいボーイフレンドもできたみたいじゃない？」

「それもスパイからの報告？」

「まあね」

香奈子のことをそこまで監視していたのか。それに僕の女性の好みについて何を知っているというんだ？　ハルのいらだちに気付かないまま、リリーは話し続ける。

「それでね、どうも乳がんが再発しちゃったみたいなの。ここにしこりがあるみたい」と、リリーは首の下の鎖骨のあたりを指さした。「でも私はもう治療とかしたくない。抗がん剤で具合が悪くなったり、髪の毛が抜けたりって……ぞっとする。もうそんなことをしてまで生きたいとは思わないのよ。病気と闘うなんて性に合わない」

しょんぼりとした様子は演技だろうかと、ハルは身構えた。目の前のリリーは血色も良く健康そのものに見えた。

「病気には見えないよ。若々しくて元気そうだ。……病院で診断してもらったの？」

「医者は嫌いよ。前の手術の時、いろいろ触られるからぞっとしたの。もう病院には行きたくない……。で、これからが大事な話なの」

病気のことをうやむやにしてリリーは続けた。

「あのクレイジーな子たちは、私が病気だって知ってすごく動揺しちゃって……。彼女たちは出たり入ったりがあって、家に居るのはだいたい五人から十人の間なんだけど、一時でも庇護下にあった子はトータルで百人くらいいるわけ。サンクス・ギビングとかクリスマスには実家代わりをしなきゃならないし、いろんなトラブルの相談は舞い込むし、もう面倒くさくてしょうがない。

中でもスパイ三人にとっては、あたしは親か教祖かって感じだから、あたしに何かあったら後追いするかもね。彼女たちがハナを必要としているのは、私に何かあった時に代わりにすがる存在がほしいのよ。

でも、ハナを欲しがっているのは彼女たちだけじゃないの。他にすごく頭がいい子が二人いて、ブルー・リザードのお金で大学院まで行かせて、今じゃ製品開発を担当してるんだけど、こっちの子たちもやっかいなのよ。

メグとメイって双子で、化学だか薬学だかバイオだかとにかく熱心に勉強する子たち。

まだ三十歳になったばかりだけど、一端のサイエンティスト。というか、マッド・サイエンティストね。彼女たちがブルー・リザードの製品の差別化のために思いついたのが……」

リリーは誰かに聞かれるのを警戒するかのように、そこで声を落とした。「ちょっと衝撃的かもだけど、心の準備はいいかしら？」

「五年ほど前だったと思うけど、メグとメイがフィニッシング・タッチでリリー・エレメントを入れることを思いついたの。リリー様のように美しく強くなるおまじないみたいなものだって。私の血から抽出した加工物を工場でほんの一滴入れるんだって。気持ち悪いでしょ。時々血液を採られて……。でも、それだったらブルー・リザードを私のものにできるって思った。サラやダグやジェニファーには真似ができないことだから。リリー・エレメントこそが商品をスペシャルにできるんだってメグとメイに言われて、それならお飾り社長を抜け出せるかもって思ったの。

ところが私の乳がんが発覚してから、メグとメイが病人の血を入れることを渋り出した。『それならそれでいい。もうそんな馬鹿馬鹿しいことは止めましょう』と私は言ったの。正直、私はもう社長を辞めてもいいと思ってた。でも崇拝者たちは断固反対した。そんなことしたらジェニファーが社長に据えられて、彼女たちはみんなアウトだって。ジェニファーはあの通り美人だし、私のような馬鹿じゃない。すごくスマート。ホワイ・ノット？　それでいいんじゃないって私は言った。病気になっちゃったし、もうなんだかどうでもよくなってきちゃって。でも女の子たちはジェニファーにはカリスマがないからダメだって。

彼女たちは男嫌いだからあんたのことは嫌なはずなのに、ハルを社長にすればいいとか言い出した。私はハルにそんな気はないわよと言ったんだけど……。で、たぶんメグとメイが思いついたのね。ハナを手に入れれば、ハルも折れるし、私のＤＮＡを継ぐ女の子のエレメントも手に入るって。ほんとクレイジーでしょ？

で、私のがんが再発したみたいだと知って、彼女たちはますます追い詰められた。それでピリピリしていたところに、つい昨日、三人組が私に無断でハナを拉致しようと画策してることを知ったの。早い話、ハナを手に入れて、あんたと香奈子さんを呼び寄せて、リリー王国を存続させようと信者グループがもくろんでいるのよ。

最近の彼女たちは、もう私の言うことなんか聞きやしない。スパイ一人はもうこの辺でずっとうろうろしてたわけだけど、数日前にリーダー格のエレンともう一人が日本へのフライトを予約したと知ったの。それで何するつもりなのかエレンを問い詰めたんだけど、

『ドント・ウォーリー・リリー。ジャスト・リーブ・イット・ウィズ・アス』って言うだけ。だから私は彼女たちを出し抜いて、こっそり一足先に日本に飛んで来たのよ。彼女たちがハナをさらう前に、私たちがハナを守らなきゃ」

リリーの話は筋が通っているようで、どこかがしっくりこない。ハルは首を傾げた。

「どうやってハナを守るの？」

「安全な場所に隠しましょ」

「香奈子に事情を話して？」

「まさか。彼女は私たちがみんなグルだって思ってるわよ。あんたは信用ないし、私のことは怖がってるんでしょ。ハナを手渡すわけないいじゃない」

「僕が会って事情を説明したらわかってくれるかもしれない。実はそうしようと思ってたんだ。今までのことを謝って、彼女たちを取り戻そうと思う」

「あんたが今さら何を言ったって信じるわけがない」リリーの顔に意地の悪い笑みが浮かんだ。「新しいボーイフレンドも出来たんだし、また逃げられるわよ。それで、香奈子さんにハナを守れるかしら？」

またリリーに丸め込まれようとしているのか？　釈然としないものを感じつつも、ハナが狂信的なカルト信者もどきにさらわれてしまうかもしれないとハルは恐怖を覚えた。

母と息子は、うらぶれたラーメン屋のカウンターに横に並んで、押し黙ったままラーメンを食べた。そしてマンションに帰り着くまでの間、リリーが車中で翌日のプランを説明するのを、ハルは無言で聞いていた。

4

どうやって自分が正気を保っていられるのかわからない。香奈子にとって、ハナがいない時間は一分一分、いや一秒一秒が拷問だった。マメオが側に居てくれなければ、もう正気を失って、奇声をあげながら通りを走って行きそうだと思った。マメオの母が午後二時くらいにおにぎりとペットボトルのお茶を差し入れてくれた。朝から何も口にしていなかったことに、その時初めて気づいた。

香奈子は警察の対応に不信感を募らせていた。ハナを連れ去ったのは父親のハルか祖母のリリーかその手下だと何度言っても、さっぱりその方向で捜査してくれない。

駐車場でハナのぬいぐるみを見つけたマメオは、その直後に本署の方からやって来たやや年配の警察官に懇願するように言っていた。

「俺、さっき思い出したんですけど、仕事終わってここを通りかかった時、駐車場から青い車が出て来て県道の方に走って行くのを見たんです。ナンバーは35－72か36－72でした。検問してもらえませんか？　まだそんなに遠くに行っていないと思うんで」

「ここから四方八方に道路があるんだよ。強盗殺人でもない限り検問なんて無理だよ……それにしても君、なんでそんなにナンバープレートの番号しっかり覚えてるの？　通りがかりに見ただけだよね？　その時は事件が起きてるって知らなかったんでしょ？」

「俺、数字を覚えるクセがあるんで」とマメオが言うと、警官は胡散臭いものを見るような目でマメオを見やり、口をつぐんだ。

その取り付く島もない態度に負けたくないと、香奈子は食い下がった。

「そうなんです。彼、数字にとても強いんです。防犯カメラで、その色とナンバーの車をチェックできませんか？」

「あのねえ、この辺にどれだけの防犯カメラがあると思ってるの？」警官は馬鹿にしたような薄笑いを浮かべた。素人が捜査に口を出すなと言わんばかりだった。

夕方にはさらに別の警察官がやってきた。厳めしい雰囲気から察するに、地位が上の人なのだろう。香奈子は委縮してしまいそうな自分を叱咤しながら、ハルを探してほしいと繰り返した。しかし、その五十がらみの捜査員はマメオのほうを向いていろいろ詮索する。

「ハナちゃんがいなくなった八時半頃、どこにいたのか思い出してもらえませんか？」

「仕事帰りで、ちょうどここを通りかかった時間です。だから、青い車が駐車場から出て来たのが気になっているんですよ。何度も言っているように」

「すごいタイミングですね、偶然にしては。それで家に向かって歩いていたと。山崎さんからハナちゃんのことで連絡が行った時には、どこにいたんですか？」

「家の近くまで来ていました。急いで家に戻って、バイクでここに引き返しました」

「そして、駐車場でハナちゃんのぬいぐるみを見つけたと？」

「そうです」

警官は、香奈子にも眼鏡の下から疑い深い視線を投げかけて来た。

「失礼ですが、遠藤さんとはどのようなご関係で？」

「友人です。元同級生で」

「それだけ？」

「それだけです」

「ふむ。それで遠藤さんはいつからコンビニの仕事をしているのですか？　勤務時間は？」

「五年ほど前からで、夜勤をしています」

「なんで夜勤を？」

「気が楽だからですよ」マメオは声が震えるのを懸命に抑えながら「それがこの件と関係があるんですか？」と尋ね返した。

「いや、いろいろ多面的に捜査する必要があるんですよ」と、警官ははぐらかした。

香奈子はいら立ちを抑えられなくなった。

「遠藤さんは関係ありません。ハナを連れ去ったのはハナの父親の中村春樹だと思います。ハナが昨日スーパーで『パパ！』って声を上げたんです。お昼寝から覚めた時も『パパいたね』って……。その時は夢でも見たんじゃないかと思っていましたけど、今思えばたぶんスーパーにあの人がいたんです。お願いですから、ハナの父親を捜してください」

「はい、はい、そちらも捜しますから」と、警官は気のない返事をして帰って行った。

夜勤の時間が来て、マメオは仕事に出かけて行った。夕方二時間ほど畳の上で横になっていたが、ほとんど寝ていないはずだった。マメオが出かける前にマメオの母が夕食の差し入れを持って来て、「今夜はうちに泊まったら？」と言ってくれたが、香奈子はアパートに残ると答えた。いつハルの気が変わってハナを返しにくるかもわからない。その時ここにいなくては。

唯一の慰めは、ハナをさらったのがハルならば、ハナは無事だろうということだ。ハルは絶対にハナを傷つけたりはしない。でも、リリーやリリーの取り巻きに捕まったのだったら？　彼女たちがどこか遠くにハナを連れ去ってしまったら？　あるいは、ハルと彼女たちが協力関係にあったとしたら？

今や意識的に封印していた最悪の疑惑が、頭をもたげてくるのを抑えられない。もしかしてハルは、いずれ自分たちのモノにするために私にハナを産ませたのではないか？　ハルが自分を愛してもいないのに一緒になったのがずっと不思議だったが、誰か子どもを産んでくれる女を探していたということならつじつまが合う。それはもしかしてリリーの命令だったのかもしれない。

次々と去来する恐ろしい想像に慄《おのの》きながら、ハナがいない一秒一秒を耐えなければならない。人生最悪の夜になりそうだった。

5

「アイ・ヴ・ネヴァー・ビーン・ハッピヤー」温泉旅館の畳の部屋の一室で、リリーはハナの隣に横になりながら目をきらきらさせていた。「ハナ、あしたはイルカを見にいくのよ」と小さな孫の耳に顔を寄せながらささやく。

「イルカのジャンプ！」

ハルはハナを挟んでリリーの反対側に横になっていた。日本人が「川の字」というヤツだ。自分の手に収まったハナの右手がどんなに小さく柔らかいのか、あらためて驚嘆している。

「じゃあ、グランマがイルカのストーリーを教えてあげる」

リリーはハナに腕枕をして引き寄せると、耳元でイルカ・ファミリーのお話を始めた。片言の日本語に英語交じり。リリーの日本語はハナと大差ないだろうとハルは思った。それでもどうにか話が伝わっているらしい。

　イルカの子どもがママのもとに戻ったところでストーリーが終わると、ハナはリリーの腕の中で眠りに落ちた。その顔を見ながらリリーがしみじみとした様子で言う。

「アイ・フィール・マイ・ライフ・イズ・コンプリート・ナウ。これが永遠に続けばいいのに……。アイ・ミーンニット。スリー・オブ・アス・アローン。ザッツ・オール・アイ・ウォント」

　ハルはこんなに満ち足りた表情をしたリリーをただの一度も見たことがなかった。息子と孫と三人だけでずっと一緒にいたいなんて、なんと身勝手な望みだろう。でもそれがリリーの本望だとも知っていた。思えばリリーはずっと満たされないまま、息子を追いかけ続けていた。ハルが十五歳の頃からずっと逃げ回っていたせいだ。思えば一度も親孝行らしいことをした憶えがない。

「ああ、幸せ」と言うと、リリーはハナの頭の上から手を伸ばし、ハルの手を握ると目をつぶった。

　その至福の表情に胸を突かれて、ハルは思考をすべて停止させた。今晩だけは何も考えまい。今夜だけは「今とここ」だけ。リリーのために、「今とここ」を永遠にするために。

6

一夜が明けてハナの失踪から二十四時間が経った頃、前日の朝に最初に対応してくれた交番の森本さんがアパートにやって来て、メモを片手に香奈子に状況を説明してくれた。

「ハナちゃんのお父さんに関しては、携帯電話を追跡しようとしましたが、その番号はすでに解約されていたそうです。東京のマンションは、一時間ほど前に近くの警察署から警官が出向いてブザーを鳴らしましたが、返事はなかったそうです。管理人もしばらく姿を見ていないと言っていたとのことです。遠藤さんが目撃したという車については、午前中から防犯カメラを順次チェックするつもりですが……。ところで、今日は遠藤さん、こちらに来られますか？」

「さあ……。ずいぶん寝ていないと思うので、仕事が終わったら自宅で休むと思いますけど……」

「彼とはどのくらいのお付き合いで？」

「もともとは中学の同級生だったんですけど、一ヵ月前くらいに偶然街で会ったんです。私はここに引っ越してまだ慣れていなかったので、それからいろいろお世話になっていますけど、お付き合いという感じではないです。彼が仕事に出かける前に一緒にご飯を食べるくらいで」

「そういうのをお付き合いというのでは？」

「そうですか？　ハナもいるし、そういう甘い関係じゃありませんよ」

「東京の家を出られた理由は昨日お聞きしましたが、特にこの街に来られた理由は？」

「中学の頃に住んでいたので土地勘がありました」

「遠藤さんとは、ここに来る前には会ったことがなかったと？　電話やメールやラインとかで連絡を取り合ったことは？」

「ありません。中学を卒業してから一度も」

「ほう」

「なんで遠藤さんのことばかり聞くんですか？　彼は関係ありません。ハナを連れて行ったのは、ハナの父親かその母親かその関係者だって何度もお伝えしたのに。遠藤さんが見た車を探してください」

「そっちは、防犯カメラをチェック中ですから」と申し訳のように言うと、森本さんは去って行った。

7

リリーの幸せな時間は、その日水族館でイルカのショーを見る時までかろうじて続いていた。滑らかなイルカたちがシンクロしながら高々とジャンプする度に、ハナは手を叩いて「すごいねー」と歓声を上げる。リリーはそんなハナに愛おしくて仕方がないというような視線を向けている。

ハルはそれを見て切なくなってくる。リリーの笑顔は香奈子から無理やり奪ったものだ。娘がいなくなって彼女がどんな思いをしているのか、いつも二人が一緒にいるのを側で見ていた自分だからこそわかる。キリキリとした痛みが次第にハルをさいなみつつあった。

決行の朝、ハルはリリーに改めて尋ねた。「ここまでやる必要ある？」

「何度言ったらわかるの？　香奈子さんじゃハナを守れないわ。三人組は今日か明日にはハナを拉致するはず。彼女たちはためらいがないし、何をやるかわからない。子どもの扱いなんて知らないし、ハナを乱暴にスナッチして怖い思いをさせるはず。香奈子さんにも危険が及ぶかもしれない。アージェントなんだから、仕方がないのよ」

リリーの勢いに負けてハナを連れて来てしまったけど、これしか方法がなかったのか？ハルは自問し続ける。香奈子はすでに警察に届けただろう。僕たちはお尋ね者になっているのではないだろうか。

イルカのショーの後、通路を駆け出したハナが思いっきり前のめりに転んでしまった。リリーが駆け寄って抱きかかえると、唇をぎゅっと食いしばって目に涙をためている。

「ヘイ、ハナ、大丈夫？」ハルが声をかけると、ハナは一言「ママどこ？」と言った。それを聞いてリリーの形相が変わる。柔和な表情が一転して般若のような顔になる。ハナはそれを見て怯え、今にも泣き出しそうになる。

ハルがハナを抱き上げて「どこが痛いの？」と聞くと、おでこを指さす。血は出ていなかったが、赤く腫れている。

「ママのおうた。いたいのいたいのとんでけ。ハナからママにとんでけ。ママ、いててって」

「そうだった！」ハルは香奈子が微笑みながらハナにおまじないを掛けている様子を思い出し、ハナのおでこを軽くさすりながら、「いたいの、いたいの、飛んでけ。パパのところに飛んで来い！　あ、いてて」と呪文を唱えた。するとハナの顔に笑顔が戻った。

8

香奈子はその日もずっと一人でアパートの部屋にこもっていた。万が一、ハルがハナを連れて来てくれるかもしれないという望みを捨てていなかった。こんなに苦しいのだ。ハナの不在がこんなに香奈子を苦しめているのだ。ハルは少なくとも、今の香奈子の苦しみをわかっているはずだ。ハナが私の命だって知っているのだから。

時間が経つのがとても遅く、その一刻一刻が香奈子を責めさいなむ。一番つらいのは、両腕が空っぽなことだ。いつも腕の中にいたハナの重みを感じられないことだ。

午後、日が傾きかけた頃、交番の森本さんが再びやって来た。

「実は、遠藤さんを不審電話のことで任意聴取しています。あなたにも二月に何度か不審電話をかけていたことが判明しましたので、ちょっと話を聞きたいと思いまして……」

この誠実そうな警官は、話をした数人の中では一番感じの良い人だ。なのに、いったい何を言っているのだろう？　任意聴取？　二月に不審電話？　もしかして、あの午前三時にかかってきた電話のこと？

「ハナちゃんがいなくなった朝のことなんですが、遠藤さんは何時頃ここに来られましたか？」しかも、警官の質問は不審電話のことではなく、ハナのことに集中しているのだった。

9

二日目の夜、もう一晩川の字に寝たいというリリーの要望で、那須の旅館に宿を取った。旅館に着いて、ハルがショップで買ったビニールのイルカでハナと遊んでいると、洗面所からリリーの「オー・マイ・ゴッド」という声が聞こえてきた。「オー・マイ・ゴッド。リアリー？」と繰り返している。

スマホを手に戻って来たリリーが戸惑いの表情を浮かべているのを、ハルは見逃さなかった。

「どうかした？」

「グッド・ニュースなのかバッド・ニュースかわからないのだけど……今日現地入りしたエレンの話だと、香奈子さんの友だちが警察に捕まったみたい」

「エンドウっていう男？　なんでまた？」

「ハナの失踪に関連してじゃないの。状況から見て明らかだわ」

「でも、彼は何もしてないじゃないか」

「ユー・アー・ソー・ナイーブ、ハル。私たちはこれで時間を稼げるわ」

「どういう意味？」ハルは背筋が凍って来るのを感じた。

「三人組にはお灸を据える。エレンにさっききつく釘を刺しておいたわ。しゅんとしていたし、もう私の言うことを聞くと思う。彼女たち、ある意味有能なの。ハナを連れて日本から脱出できるように、明日の朝、地元の空港からチャーター便を手配したって。巨体のカルロス・ゴーンだってできたのよ。小さなハナを隠して脱出するなんて簡単でしょ」

「それは犯罪だよ」

「ハル、あなた今までどれだけウソを重ねて来たの？　香奈子さんをだましたし、ストーキングもしたし、ハナを誘拐もした。もうすでに犯罪に手を染めてるじゃない」

「でも、リリー。僕たちはクレイジーな三人からハナを守るためにハナを連れ出したんだよ。リメンバー？」

「オフコース。ザッツ・ダン。彼女たちより先にハナを保護できたから、ハナはひどい目に遭わなかったわ。彼女たちは子どもの扱いなんて知らないから、手荒なことをされるかもって心配だったのよ」

「それは話が違う。僕はハナを一時的に保護したつもりだった。結局スパイたちとグルになるなんて許せない。カルトみたいなところにハナを行かせるわけにはいかないよ。まだ母親が必要だし」

「大丈夫。あんたも一緒に行こう。向こうで落ち着いたら、香奈子さんに来てもらえばいいわ。ハナが居る所には来るでしょ。事が丸く収まれば、エンドウの容疑も晴れるわよ」

「リリー、そんな簡単な話じゃないよ」

「ホワイ？　家族を取り戻して仲良く暮らしたいって言ってたじゃない。それを手伝うだけよ。それくらい強引なことをやらないと、新しい彼もいるのにあんたの元にもどってくるわけがない。……私だってあんたやハナが側にいてくれるなら、生きたくなると思うの。ちゃんと治療も受けるわ」

クレイジーなのはリリーの信者だけじゃなかった。やっぱりリリーもクレイジーだ。健気なリリーと自己中心的なリリーは表裏一体。母親の二面性を知っていたはずなのに騙された自分はなんと愚かだったのだろう。ハルの胸の中に、どす黒い絶望感が広がっていった。

ハナはもはや笑顔を見せない。ハルの気持ちを感じ取っているのか、そろそろ母親が恋しくなったのか、じっと耐えているような表情でハルの腕に収まっている。

洗面所からは、またリリーの話し声が聞こえている。よく聞き取れないが、エレンをなだめながら、明日のことを打ち合わせているようだ。

「あした、おうち、かえる」とハナが宣言した。

「そうだね」とハルは答える。

「ママがいい」

「そうだね」ともう一度言う。少しの間があった。「あしたはママに会えるよ」とハルが小さな耳にささやくと、ハナはそのまま眠りに落ちていった。「可愛い、可愛い僕の娘。君との約束は絶対に守るよ」と、ハルは丸まった小さな背中に向かって無言で語りかけた。

リリーとの束の間のハッピー・リユニオンが終わった。ハルはまた逃げ出さなければならない。それなのに、もう逃げ場がみつからない。

目を閉じたハナの長いまつげとわずかに開いた小さな口を見ながら、ハルは二晩目の眠れない夜を迎えたであろう香奈子を思った。それからもう一人の母親を思った。エンドウの母親は、息子が警察に連れて行かれてどんなにか驚き打ちのめされていることだろう。そして警察署で一夜を過ごしている無実の男。彼はハナが見つからない限り、疑いを晴らすことができない。みんなが震えながら長い夜を過ごしている。なぜ僕とリリーのせいで、みんなが苦しまなければならないのだろう？

10

遠藤久美は、その恐ろしい夜を極限の状態で迎えた。午後、任意聴取と言われて警察署に連れて行かれた息子は、そのまま帰って来なかった。夕方には刑事らしい人から電話があり、友哉が不審電話の件で取り調べを受けていると教えてくれた。

「息子さんの通話履歴を調べたところ、夜中の三時に非通知設定であちらこちらに電話していたことがわかったんですよ」

そして驚いたことに、二月には当時まだ東京に住んでいた山崎香奈子にも三回にわたってそのような電話をしていたのだという。

「奇妙なことに、そうした不審電話のほとんどが、通話に至らずに切れていたんです」

不審電話って、やっぱり友哉はおかしいのだろうか？　いや、香奈子と関わったことがそもそもの不幸の始まりだったのではないか？　あの女はやっぱり疫病神みたいなものだったのだ。そう思うと、息子のことで心配して電話をかけて来た香奈子に、つらく当たってしまった。心が鬼になってしまい、娘が見つからないまま二日目の夜を迎えようとしている香奈子に思いやりのかけらも示すことができない。

「今は話をするような状態じゃないの」

「そうですよね。ごめんなさい」

「どうして謝るの？」

「やっぱり、私のせいのような気がするんです。友哉さんは関係ないのに、何かハナの件で疑われているんじゃないかって。私が警察にちゃんと説明します。ほんとうにごめんなさい」

久美は何も答えずに電話を切った。

娘の優花がバイトを終えて帰って来た時、久美は真っ暗なままの食卓に肘を突き、両手で頭を抱え込んでいた。

「お母さん、電気も付けないでどうしたの？」と言いながら、優花は電灯のスイッチを押した。母親の見上げた顔は憔悴しきっていた。

「お兄ちゃんが警察に連れて行かれた。不審電話をかけてたんだって。二ヵ月前に東京に住んでいた香奈子さんにも不審電話をかけてたんだって」

「えっ、香奈子さんが引っ越してきて偶然会ったんじゃなかったの？」

いつも取り乱すことがない娘の顔面がみるみるうちに蒼白になるのを見て、久美はことの重大さを初めて認識した。

「お母さん、私たちもう終わりかもしれない」

「なにも重大犯罪じゃないでしょ。まだ逮捕とかされたわけじゃないと思うし」

「警察が考えていることわからない？　お兄ちゃんは東京に住んでいた香奈子さんにストーカー行為を働いていた。そしてうまいこと彼女と懇意になった。二人の関係を進めるのに彼女の娘が邪魔になった……。このおかしな男がハナちゃんを連れ去ったのなら、ハナちゃんの身が危ない。緊急にでも取り調べなければならない……だから別件でも逮捕して調べるの」

「あんたは推理小説の読み過ぎよ。友哉がそんなことできるわけがない」

「それ、百パーセント信じられる？　それにお兄ちゃんがハナちゃんと関係なくっても、それを証明できる？　冤罪ってあるんだよ。私たち、凶悪犯の家族になっちゃうかもしれない。私はもう好きな人と結婚もできなくなっちゃう」

その時電話が鳴った。警察からだった。「すみませんが、息子さんに逮捕状が出ました。今晩はお返しできません。本人が希望していますので、弁護士の手配のほうをお願いします」

優花は気丈にもインターネットで弁護士に関する情報を収集して、国選を依頼するしかないのではないかと母親に伝えた。しかし、母親は魂が抜けたように目を宙に浮かせて反応しない。

「お母さん、聞いてるの？　うちには弁護士を頼むお金なんかないでしょ？」

「優花、ごめんね」

その言葉と共に、久美と優花は互いにしがみつき、泣き崩れた。

「私たち、何か悪いことした？」優花が嗚咽の中から絞り出すように言った。

第七章　帰還

山崎香奈子の実家の隣人・川上康子の話

「私は天気の良い日は朝早くから庭にいるんです。猫の額のような庭ですが、草取りをして水をやってと、やることはいくらでもありますから。

七時頃だと思いますが、目の前をすーっと車が通り過ぎて、向かいの山崎さんの家の前に停まったんです。朝早くなんだろうって思って見ていたら、若い男の人が運転席から降りて来て、後部座席のドアを開けると小さな女の子を抱き上げたんです。その背の高い男の人は、女の子に頬ずりをしながら何か話しかけていました。それから山崎さんの家の玄関の呼び鈴を鳴らすと、女の子をドアの前に立たせて、慌てた様子で車に戻って行きました。

『えっ、子ども置いて行くの？』ってほんとにびっくりしてしまって……。だって、よちよち歩きのほんとうに小さな子なんですよ。赤い靴を履いて、泣きもせずに玄関ドアの前に立っていましたね。何かあったらと思って身構えていると、間もなく玄関ドアが開いたんですけど、それと同時に車は発進して角を曲がって見えなくなってしまいました。

いつも落ち着きはらっている山崎さんの旦那さんが、サンダル履きで出てくると、角まで走って行っては、また慌てた様子で戻って来て、女の子の手を取ると家の中に入りました。ほんの一瞬のことでした」

1

山崎徹の生活を支配していたものは、日常の細かい習慣だった。その四月の朝も、当然のことながら朝のルーティンに従って六時には起き出し、一人には大きすぎるダイニング・テーブルでチーズを載せたトースト一枚とヨーグルト、フレッシュジュースの朝食を取った。それから濃いコーヒーを入れると、朝刊三紙を脇に抱えて書斎に移動した。大きなデスクに経済新聞を広げ一面から読み始める。

彼にとって、経済とは医者にとっての人体みたいなものだ。新聞に取り上げられているちょっとしたネタは症状だったし、統計の数字はバイタル・サインだった。そうして医者のように今の経済の現状に診断を下し、先行きを予想する。自分の予想が当たるのか？　エコノミストとしての彼の関心事の大半はそこにあった。

ネットの情報が溢れる中、彼は触診で診断を下す町医者のように昔ながらのやり方を変えず、新聞を読みこんだ。誰にも邪魔されない朝のひとときは、彼にとって重要な仕事の一部であると同時に精神安定剤のようなもので、それを邪魔されるのは何よりも苦痛だった。いや、朝の時間だけではない。どんな時間であれ邪魔はされたくなかった。日々がルーティンに従ってスムーズに流れる限り、孤独はたいした問題ではなかった。

米国の電気自動車会社の株高についての記事に集中していた時、いきなり玄関の呼び鈴が鳴った。こんな時間にいったい誰だろうと、強烈な不快感に襲われながら立ち上がる。ドア・チェーンを付けたままわずかに玄関のドアを開けてみると、隙間から小さな赤い靴が見えた。自分の世界には存在するはずのない代物。さらにドアを押し広げると、まだ赤ん坊と大差ない幼女がそこに立っているではないか。

混乱とか動揺という言葉では生易しい。念入りに構築した秩序が一瞬にして打ち砕かれて無に帰ったというような衝撃。それはほぼ恐怖に近いもので、彼は文字通りパニックに陥った。のちのち思い返しても、彼は自分がその幼子をどう扱ったのかさえも憶えていなかった。憶えているのは慌てて隣駅に住む妹に電話したこと、そしてもう二年近くも会っていなかった妹が、二十分後には化粧気のない顔に眼鏡と帽子といういでたちで駆けつけてくれたことだった。

山崎徹の妹・洋子は、堅物の兄が手に持ったオレンジジュースを玄関のたたきにこぼしながらドアを開けた時、不謹慎にも笑い出しそうになった。こんなに慌てふためいている兄を見たのは生まれて初めてだった。その足元で幼子が泣いている。彼はまるで地獄で仏を見たかのような顔をして、「どうしたらいいんだ?」と聞いてきた。

幼子を抱き上げてあやしながら、洋子は兄に伝えた。

「この子、香奈子ちゃんの娘よ」

実は半年ほど前に、洋子はこの子どもに会ったことがあった。姪の香奈子が出産後どうしているのかとずっと気になっていたので、思い切ってランチに誘い出したら、姪は娘をベビーカーに乗せて待ち合わせ場所のファミレスにやって来た。

「遅ればせながら、これはお祝いよ」と幼児用の帽子と靴を渡すと、香奈子はいつものように感じの良い笑顔を見せて、「可愛い。ありがとうございます」と言った。しかし洋子は、姪が少し痩せて顔色も良くないのを見逃さなかった。

「お父さんとは連絡取ってる?」

香奈子は黙って首を振った。

「旦那さんは優しくしてくれてる？」

香奈子は否定も肯定もせず、「出張ばっかりで、すれ違いなんですよね」とだけ答えた。

「なんか困ったことがあったら言ってね」と言って別れたが、それ以来連絡はなかった。


「やっぱりそうか」山崎徹は、何かの手がかりでも探るように初対面の孫娘の顔を覗き込んだ。「で、どうすればいい？」

お互いの胸に警告のベルが鳴り始めていることを確認するかのように、二人は目を合わせてしばし黙り込む。最初に口を開いたのは妹のほうだった。

「それで兄さん、誰がこの子を置いて行ったのか見たの？」

「もちろん見ちゃいないさ。ドアを開けてこの子を見たとたんにエンジン音が鳴って、車がそこの角を曲がっていったんだ」

「香奈子ちゃんが置いて行ったのかしら？」

「こんな小さな子をここに置いて行くなんて、いったいどういうつもりなんだ？」

口に出した途端、その先に浮かぶ恐ろしい連想が現実味をおびたように感じられた。

「香奈子のところに行って見て来たほうがよさそうだな……早まったことをされたら困る」

父親の声はかすかに震えていた。

「香奈子ちゃん、どこに住んでいるのか知ってるの？」

「訪ねて行ったことはないが場所はわかる。車で二、三十分のところだ」


二年近く音信不通になっている娘に対して、父親はまったく何もしていなかったわけではなかった。娘の出産予定日が近づくと探偵を雇い、娘が赤ん坊を連れて退院した時に後を付けさせた。少なくとも娘が無事出産したことを確認し、娘の居所を突き止めることができた。その後、妻の遺品を整理していて見つけた娘名義の銀行口座に、せめてもの祝い金として三十万円ほど入金した。娘からお礼や連絡はなかったので、入金に気づいていないのかもしれない。まあ、やることはやった。少なくとも妻の墓前に報告することはできると、わずかに気が済んだ。

2

山崎徹は勤め先の経済研究所に欠勤の連絡を入れると、妹に孫娘を託し、自分のボルボを運転して香奈子のマンションに向かった。渋滞や赤信号で車が停まるたびに焦りがこうじてハンドルを握る手が汗ばんでくる。一刻も早くという思いで追い越し車線に無理やり入ろうとして、大きなクラクションを鳴らされてしまった。その音で我に帰った。

山崎徹は仕事柄、いくつもの経済危機や株式市場の暴落、数えきれないほど倒産事例を見て来た。ドミノ倒しのような連鎖反応を何度も目撃した。恐怖感が二次、あるいは三次被害を産む。目の前の危機への集中と冷静なダメージ・コントロールこそが崩壊を防ぐのだ。今、この個人的な危機にそれを生かさずにどうする。

香奈子のマンションの前に車を停めて、ハザードランプを付けたまま入り口の階段を駆け上がる。オートロック用のディスプレイに香奈子の部屋の番号を入力して呼び出すが、反応がない。三度繰り返したところでエントランスを見回し、管理人室に向かった。

「ああ、中村さんのご家族ですか?」初老の管理人は戸惑った様子で続けた。「実はずっとお留守で気にはなっていたんですが。最後にご主人を見かけたのがもう一ヵ月かそれ以上前だったと思います。その時、しばらく留守にするので、郵便物はまとめて保管しておいてほしいと言われました」

開錠を頼むと、管理人は「それはちょっと私では対応しかねるんで」と管理会社に電話してくれた。「あ、はい、はい、まず警察ですね。わかりました。じゃあ、そちら、よろしくお願いします」と言って管理人は電話を切った。まずは警察に連絡し、警察官の立ち合いのもとで管理会社が開錠することになるとのことだった。山崎徹は警察に連絡すべく、急ぎ足で車に戻った。

3

ハナを見つけ出し、マメオを救い出す。香奈子は気持ちを奮い立たせた。この二日間の様子を見ると、警察はさっぱりあてにならない。マメオを疑うなんてお門違いもいいところだ。ならば、なんとしてでも自分が二人を救出しなくてはならない。自分がこんな目に遭っているのは自業自得なのかもしれないが、マメオの母や妹のような何の罪もない人たちが、自分と関わったために地獄の思いをするのは心底耐えがたい。

明け方にウトウトした時の夢は甘かった。「ここにいたの！」と抱き上げた瞬間のハナの匂い。押し付けた頬の柔らかさ。リアル過ぎてとても夢とは思えなかった。ハナを胸にかき抱いた時、崩壊していた世界が一瞬にして元に戻った。目覚めた時もハナが自分の腕の中にいると錯覚しぬくもりも重みも感じていたのに、その感覚は瞬く間に消え去って、自分一人がひんやりとした布団に服を着たまま横たわっていた。

時計を見ると四時半だった。リュックにはハナの着替えと靴、駐車場に落としていったお気に入りのクマのぬいぐるみ、それからボーロやせんべいやりんごジュースも入れた。幹線道路まで歩いてタクシーを拾い駅に向かう。始発の東京行きには余裕で間に合った。

八時過ぎに新幹線が到着した時、東京駅はすでに朝の賑わいを見せていた。渋滞する時間帯なので、香奈子はタクシーではなく山手線で恵比寿駅まで行って、そこから歩いてマンションに向かうことにした。

香奈子の気持ちなどお構いなしに、方々で桜が咲き乱れている。淡いピンク色の並木の向こうに四階建てのマンションのレンガ壁が見えて来た。二ヵ月ぶりの我が家。ここではつらいことが多かったはずなのに、ハナとの何気ない日常が胸を刺すような懐かしさを伴って蘇る。

ハナをベビーカーに乗せて通った公園への道。転んでしまったのに泣かなかったハナをほめて抱き上げた歩道。ハナとしゃがんでダンゴムシやカタツムリを観察したツツジの植え込み。ベビーカーごとハナを抱き上げて上った階段……。ここにハナがいないことはとうてい許せることではなかった。

玄関ドアの前に立って深呼吸をする。ハナがハルと一緒に中にいますように。ふと亡くなった母親を思い浮かべて祈願する。

我が家なのに、どういうわけか呼び鈴を鳴らしてしまった。応答はない。もう一度押す。しかし呼び鈴は虚しく響いた。ドアを引っ張るとがっちりと施錠されている。香奈子はもどかしげに鍵穴に鍵を差し込むと、ドアを開けた。

静まり返った部屋に人の気配はなく、空気はひんやりとしていた。ハルのスーツケースが玄関脇に置かれている以外は、ほぼ二ヵ月前のままだ。リリーの口紅が付いたコーヒーカップもそのままだった。

ダイニングのカウンターに自分が置いて行ったスマホもそのままだ。もしかしてハルから連絡が入っているかもしれない。わらをもつかむ思いで充電を始める。メッセージが次々に浮かび上がったが、一番新しいものは三日前に入っていた美容院からのキャンペーンのお知らせだった。

次にできることは何だろう？　ＳＮＳ？　探偵？　ハルが一度も連れて行ってくれなかった会社の東京事務所を探し当てるべき？　ブルー・リザードの本社に連絡をしたら何かわかるかもしれない。でも、会社ぐるみでハナを誘拐したのなら逆効果だろうか？　はたしてアメリカの警察はあてになるだろうか？

香奈子がスマホを手にしたまま思案していると、玄関ドアのほうからガチャガチャと鍵を開けるような音がした。ハルが帰って来たのだろうか？

4

玄関のドアがゆっくり開き、まるで幕が開いたかように予想もしなかった登場人物が目の前に現れた。いつも隙なく整えられているグレーの髪が乱れている。眼鏡の奥の目はそう簡単に感情を見せないはずだったが、その時、香奈子は父親の目に安堵の色が浮かんだのを見た。彼の後ろには、こわもての若い警官とスーツ姿の中年の男が立っていた。

「お父さん！」香奈子は驚きの声を上げた。

父親は慌てた様子で振り返り、「娘です。娘がいました」と後ろの二人に告げた。「お騒がせして、申し訳ありませんでした」と平身低頭で謝る父を、香奈子は茫然として見ていた。スーツ姿が「よかったですね」と微笑み、警官が「では失礼します」と一言告げると、二人は去って行った。

「お前、なんで娘をうちに置いて行ったんだ？」父親は部屋に入るなり色をなして香奈子を問い詰めた。

「えっ、お父さん、もう一度言って」

「なんで娘をうちに置いて行ったんだ？」

「ハナが目黒の家にいるの？」

「お前が置いて行ったんじゃなかったのか？」

「お父さん、ほんとにハナがお父さんの家にいるの？」

「……ああ、洋子と一緒にいる」

「ハナは大丈夫？　元気なの？」

「ああ、元気そうだ。洋子がとりあえずバナナを食べさせた」

次の瞬間、香奈子はわけもわからずに父親にしがみついて泣いていた。そんなことは子どもの頃でもしたことがなかったが、そこにいたのが案山子かなんかであってもしがみついて泣いただろう。父親はおおいに戸惑いながら、おずおずと娘の背中に手を回して、幾度かポンポンと軽く叩いた。

父親の車で実家に戻ると、そこにいたのは紛れもなくハナだった。香奈子が見たことがないブランド服を着て、叔母の洋子に抱かれて朝の子ども番組を見ていたハナは、母親の姿を見るなり「ママがいぃー」と駆け寄って来た。ハナを抱き上げて、その匂いを嗅ぎ、頬をその柔らかな頬に押し付ける。あれは正夢だったのか。

「ハナ。ママ信じられないくらい嬉しい。ハナに会えて、もうこのまま死んでもいいくらい嬉しい」

傍らでその言葉を聞いていた父親が、「おいおい」と言った。

香奈子はそのままの弾む声で、ハナが見つかったことを一刻も早く知らせなくてはならない人たちに電話をした。交番の森本さんは、「いやあ、ほんとに良かったですね。署のほうに至急連絡を入れます」と明るい声で対応してくれた。

一方、電話口のマメオの母は言葉に詰まり、嗚咽しているようだった。しばらく沈黙したあと、彼女は涙声で言った。「香奈子さん、良い知らせをありがとう。もうこのまま死んでもいいくらい嬉しいわ」

5

どこに行っても桜が満開だった。ハルは運転席から見納めとなる桜を見やりながら、後部座席で熟睡しているリリーがこれを見られないことを残念に思った。

「明日の朝八時までに仙台の空港に行くわ」と前夜一方的にリリーから告げられた。それは、ハナにとっても、香奈子にとっても、エンドウにとっても、そしてハル自身にとっても、許されることではなかった。何よりも、ハナとの約束は守らなければならない。

小さな丸い錠剤。お守りのように持ち歩いている睡眠薬がこんな時に役に立つとは思わなかった。ハルは夜明けとともにリリーを起こして緑茶を飲ませた。緑茶の苦みが、混ぜ込んだ薬の味を隠してくれることを期待した。

リリーを急き立てるように後部座席に座らせる。それから隣のチャイルド・シートに眠っているハナを固定して、あわただしく那須の旅館を後にした。

県道からさらに高速道路へ。お茶に入っていた薬のせいで再び眠りに落ちたリリーは、ハルが仙台方面ではなく東京方面に針路を取ったことを知る由もない。首都高を抜けて、目黒にある香奈子の実家にハナを置いてきた時も、正体なく眠り続けていた。


ハルは春に生まれたから春樹と名付けられた。誕生日が二日後に迫っていた。残念ながら二十七回目の誕生日は迎えられない。それは彼自身の選択だった。二十七年間で初めて自分一人で重要な決定をして、今それを実行しようとしている。

ハルは車のスピードメータの脇の時計に目をやった。十時三分。香奈子のスマホにメッセージを送った。「君とハナは自由だ」

フロントガラスの向こうには太平洋。綿密な計画があったわけではない。どこでもいいから「終わりの場所」と思えるところがあったら、そこでいい。すべてを終わらせる。それがすべての解決になる。

リリーと二人でこの世から消えてなくなれば、ハナはダメな父親と常軌を逸した祖母から自由になって、より良い人生を送るだろう。香奈子がちゃんと育ててくれるはずだ。いろいろつらい思いをさせてしまったが、彼女は健康的で良い人だ。

そもそもリリーが自分を産んだのが間違いの元だったのだ。間違いは正すべきだとハルは思った。この世にいるべきではない人間はいなくなるべきだ。

古びた温泉旅館で息子と孫娘と川の字になった時のリリーの顔を幾度となく思い出した。あれから二日しか経っていないが、もう遠い過去のことに思える。一瞬のことだったが、満ち足りた至福の時をリリーに贈ることができた。人生最良の時を過ごした後、一人息子と旅立つのはそう悪くないだろう。病気の治療もしたくないと言っていたし、一緒に行くのは究極の親孝行というものではないのか。

これは一晩の思い付きではなかった。たぶん、十四歳のあの日からずっとどこかで思っていたこと。そこから逃れようといろいろやってみたけれど、もう逃げ場がなくなってしまった。ハルは目をつぶり、アクセルを踏み込んだ。

6

「ハル！　ホワット・ハブ・ユー・ダン？」転落の衝撃で目を覚ましたリリーが叫んだ。

「ハナはどこ？」リリーが真っ先に案じたのは孫娘のことだった。

「大丈夫。安全なところに預けて来た。ここには僕とマムだけだ。また二人に戻ったんだ。グッド・オールド・デイズみたいにね」

水面にプカプカと浮いていた車が水中に沈んでいくのにたいした時間はかからなかった。ハルは、リリーが妙に落ち着き払っているのに驚きを禁じ得なかった。パニックになり大騒ぎするだろうという予想を裏切り、慌てることも騒ぐこともない。まだ睡眠薬の影響でぼんやりしているのだろうか。長すぎると感じる時間——それでも三十秒かそこらだろうが——何かに精神を集中するかのように沈黙した後、リリーは口を開いた。その目はハルの顔をまっすぐに見据えて、その声からはあらゆる感情が抑制されていた。

「ハル、もう時間がない。あなたがキッドの時、スイミングのレッスンをさせててよかった。大事な息子を死なせるわけにはいかない」

リリーはバッグを探って指輪を取り出した。「こんなものでも役に立つわ」とつぶやくように言う。こんなものどころか、大きな透明の宝石が付いている。いつか何カラットだとか自慢していたダイヤモンドに違いない。

指輪を中指にはめると、リリーは力の限り後部座席の窓にそれを打ち付けた。指から血が出るのもいとわずに、何度も何度も繰り返し打ち付ける。ハルの体は凍り付き、母親が野獣のように闘っているのを呆然と見ているだけだった。

やがて窓にはひびが入り、ガラスが砕け散り、そこから水がものすごい勢いで流れ込んできた。車中が海水で満たされると奔流が止んだ。ハルは何が何だかわからないままに、体が車の外に押し出されるのを感じた。

「私は泳げないけど、ハルはちゃんと泳げるようになるのよ」という幼い頃のリリーの言葉が蘇った。

リリーは泳げない。ハルは車中に残っている母親の方に手を伸ばしたが、彼女は首を振った。その表情は平明で、強固な意志を感じさせた。息子をじっと見据えたまま、リリーの唇がゆっくりと動く。「LI・VE」。ハルはもう一度近づこうとしたが、彼女は首を振り、もう一度繰り返した。「LI・VE」。リリーの顔がぼやけてきた。「Go！」と言われた気がした。

呼吸が限界まで苦しくなってきて、ハルは母親の命令に従った。母親を置いてきぼりにして、自分だけ光が見えるほうに上がって行った。

7

昼食時、寿司の出前が運び込まれた山崎家からは、隣人たちが驚くほどににぎやかな笑い声が響いていた。主役はハナで、脇役は陽気な叔母だった。香奈子も久しぶりに笑い声を上げ、あろうことか父親も頬をゆるめっぱなしだった。

食事の後、香奈子は三日ぶりにハナに母乳をあげた。ハナはものの五分もしないうちに、眠りに落ちる。その寝顔を見ながら香奈子はこれこそが至福だと思う。

気が付くと、スマホにショートメールが一通届いていた。着信は十時三分。

「君とハナは自由だ」

香奈子は狐につままれたように、もう一度その短いメッセージを凝視した。

「君とハナは自由だ」

番号に見覚えはなかったが、送り主はハル以外に考えられなかった。

その夜、香奈子はハナと一緒に実家の自分の部屋のベッドに横になり、大きく深呼吸をした。ここで寝るのは何年ぶりだろう？　母が亡くなって以来だから、もうすぐ二年になる。自分の部屋がそのままになっていたのは意外だったが、父一人には十分過ぎるくらいのスペースがあるので、あえて香奈子の部屋まで使う必要はないのだろう。

ハナの小さな体に手を回し、胸に押し付けて、そのぬくもりを感じる。こうやって、ハナを抱いて寝るのはなんという贅沢だろうか。

「ハナ、ママいないときだれとねんねしたの？」

「パパとグランマ」

リリーまで一緒だったことに驚く。彼らは何を考えていたのだろう？

「パパとじいじのところに来たの？」

「じいじのとこいて。ママくるって、パパいった」

ハナをここに置いた後、ハルとリリーはどこに行ったのだろう？「君とハナは自由だ」ってどういう意味？　言葉通りに受け取っていいのだろうか。

香奈子がそのメッセージの真の意味を知ったのは、ずっと後になってから、ハルから一冊のノートが届けられてからのことだった。

8

三日ぶりの自由。逮捕の翌日にハナが見つかって疑いが晴れたと内心小躍りしたが、すぐ釈放かというとそういうわけではなく、不審電話の件でさらに絞られた。なんで山崎香奈子の東京の家に夜中に不審電話をかけたのかと聞かれ、「ちょっとおどかそうと思っただけ」と答えると、「なんでおどかそうと思ったのか」と聞かれ、「まあ誰でもよかったんですが」と言うと、余罪を聞かれて……というふうに泥沼に入っていく。「ああ、これは何年か入らなきゃならないのか。母さん悲しむだろうな」と、絶望的な気持ちになっていく。

俺の不審電話が香奈子の家出と関係があるのかなんてわからない。不審電話の数週間後に元同級生の香奈子と再会し、仲良くなっていったのは事実だ。彼女に好意を抱いているのも事実だ。捜査官はそこに意味を見出そうとする。「偶然ってあるんですよ。全部偶然なんです」と主張したって、「んなことあるわけない」と一蹴される。

結局、香奈子に救われた。彼女は聴取を受けるために急いで東京から戻って来て、「中学の同級生だった遠藤さんを久しぶりに見かけて、なつかしくて私のほうから近づいて、いろいろお世話になったんです」と証言してくれたという。

唯一不審電話の被害者と認定された山崎香奈子が被害を訴えないどころか、俺に感謝しているとまで言ってくれたので、警察もそれ以上は突っ込めなくなった。その他多数の不審電話については、結局証拠不十分となった。警察も面倒くさくなったということかもしれない。

「三十歳だろ。これを機会に、いいかげんまっとうに生きるんだな」

見送ってくれたオヤジ刑事は、別れ際に半ば苦々しくこう言い捨てたが、おせっかいというか、たぶん親切心からの言葉なのだろうと思った。そんなに悪い人ではなかった。

9

身の回りのものをマイバッグに入れて警察署を一歩出ると、風がすっと顔面を通り過ぎた。空気がまるで違う。思わず深呼吸していると、「マメオくん！」という声がした。振り向くと門の脇に香奈子が立っていた。まるで何事もなかったかのように、相変わらず人の好さそうな笑顔を浮かべて手を振っている。

「たいへんだったね。ごめんね」

「こっちこそ……変な電話してごめん」

「もういいよ。過ぎたこと。終わりよければすべて良しって言うでしょ」

「ハナは？」

「マメオくんの家にいるよ。お母さんが預かってくれて、私が迎えに行ってって。お母さん、すき焼き用意して待ってるって。優花ちゃんも早く帰って来るって」

時刻は五時半を過ぎていたが、日が長くなったのでまだ明るい。家まで二キロほどの距離を歩いて帰ることにした。

香奈子は「ちょっと待って」と言うと、歩道で立ち止まり、スマホの上で指を動かしていた。それから顔を上げてこっちに屈託のない笑顔を向けてきた。

「マメオくんを捕まえたって、お母さんにラインしたの。心配しているだろうから」

「そうそう」歩き出したとたんに香奈子が思い出したように言った。「あのさ、うちのお父さん、経済の分析が仕事なんだけど、マメオくんがめちゃくちゃ数字に強いって教えたら、『ほう、なにか手伝ってもらうかな』って言ってたよ。時々仕事くれそうだったよ」

「ほんと？　そりゃ嬉しいな」

「直接会わないでネットでやり取りすればいいでしょ。うちのお父さん、頑固で面倒なとこあるから、そのほうがいいよ」

酒類のチェーン店の前を通り過ぎた時、香奈子が上ずったような声を挙げた。「あ、そうだ、お母さんにビール買って来てって頼まれてた」

引き返して店に入り、二人であれこれ迷ってドライとそうでないものを二本ずつ選んだ。外に出ると、やっと日が沈みかけていた。左手にはビール缶が四本、右手には香奈子の手。僕にしては上出来、いや出来過ぎだと思った。人生捨てたものじゃなかった。

エピローグ――春の日

中村春樹（ハル）と上田サツキの元同級生・柏原由梨絵の話

「ハルくんの事件のこと私は知らなかったんですけど、関東地方に就職した元同級生が裁判のニュースを見てグループラインでリンクを貼ってよこしたんです。もうびっくりしちゃって……。で、『サツキ大丈夫かな』って思いました。

サツキはハルくんのこと忘れられなかったんですよ。彼が卒業後アメリカに帰ってしまって、いったんは諦めたみたいだったんですけどね。二十一歳で結婚して、二十二歳でママになって、二十三歳で離婚して……。ダンナさんが浮気しちゃったみたいですね。怒涛の日々ですよ。ハルくんも、あんな事件起こすならいろいろあったんでしょうけど。結局心中未遂でお母さんを死なせてしまったのね。ハルくんのお母さんは卒業式に来てたけど、すごく若々しくて、女優さんみたいにきれいでした。あれからもう八年以上経つけど、体育館に現れて、ハルくんを抱きしめていた姿は忘れられませんね。

卒業式の夜、サツキは大泣きでした。『やっぱりハルは違う世界の人なんだ。違う世界に帰っちゃうんだ』って。『お母さんが女優みたいで外国の人だからって、なんでそんな風に思うの？』って、私は不思議でしょうがなかったんだけど、サツキは何かを感じていたのでしょう。彼女の家はけっこう古風で厳しいっていうか、『女は早く嫁に行け』みたいな雰囲気だったから、外国人との結婚は反対されたでしょうし。

結局、ハルくんを諦めて結婚したのは彼女のおじいちゃんの知り合いの息子さん。でも結婚式の日にちっとも嬉しそうじゃなくて、『いつまで持つかな』って言ってました。ちょっと投げやりっていうか、ハルくんじゃなければもう誰でもいいって感じなのかなと思いましたけど、それってご主人に失礼じゃないですか？　まあ、彼女もそれはわかってたみたいで、『彼が浮気したのは私のせいだから、ぜんぜん恨んでない。彼のほうが被害者かも』って言ってましたね。今は保育士の仕事をして、養育費も貰わずに娘さんを一人で育ててますよ。ハルくんのこと知ったら、サツキはどうするのかしら？」


『リリーと僕の物語』に、他の終わり方があったのだろうか？

その問いには自分しか答えられないし、僕はまだ答えを見つけていない。この先もずっと、たぶん最後の最後の日まで自問を続けることになるだろう。

常軌を逸した母と息子の極端にプライベートな話が、法廷という公の場に引きずり出されるのを、僕はほとんど他人事のように傍観した。が、時にひどく苛立った。「ホワット・ドゥ・ゼイ・ノウ？」

結果的に母親の命を奪ったことを深く悔やみ、嘆き、自分を責める……。裁判の間、それが自分に期待されていることだと知りながら、僕は一度も後悔の言葉を口にしなかった。それは偽善であるだけでなく、『リリーと僕の物語』を、ひどく陳腐で薄っぺらなものにしてしまう。

見知らぬ他人にどう説明したところで、僕らのねじれきった物語などわかってもらえるはずがない。リリーが僕に生を与えてからの二十七年、その一分一分が他の人間とは分かち合えない時間の集積だった。そのうちの一分さえも共有していない人に何がわかるというのだろう？　何よりも、彼らはリリーの最後の表情を見ていない。それで、いったい何がわかるというのだ？　僕は検察官や裁判官だけでなく、自分の弁護人にさえも挑戦的な目を向けていたに違いない。

法廷で唯一の検察側の証人として呼ばれたのは、リリーの精神科医、つまりジェニファーの母親サラだった。「ミズ・ナカムラは自殺願望（sucidial tendency）があったが、素晴らしい努力でそれを乗り越えた」と、彼女は証言した。

「一人息子のハルさんが十五歳で日本に移り住むと、ミズ・ナカムラはひどく落ち込むようになりました。『寂しい、死にたい』を繰り返す彼女を心配して、親族が私に相談してきたのです。何度か面接をするうちに、彼女の問題はご自身の精神的な未熟さと息子さんへの強すぎる思いにあると気付きましたので、私は彼女が子離れして精神的に自立して大人になることを助けようと思いました。それで、ビジネス・コンサルタントをしている私の夫と相談して、一緒に化粧品ビジネスを立ち上げました。ミズ・ナカムラはビジネスの才能があったのでしょう。それで思わぬ成功を成し遂げました。それだけでなく、性暴力に遭った若い女性に居場所を与え、その社会復帰を支えてきたのです。リリー、つまりミズ・ナカムラは、何人もの女性たちにとって母親同然でした。一方で、ご自分の息子さんのハルさんが人生の目的が定まらずにいる様子にたいそう心を痛めて、なにかと心を砕いていました」

「今、リリーさんに対してどのような思いを抱いておられますか？」と、最後に検察官が尋ねた。

「悔しいです。それ以外に言葉が見つかりません。乳がんを克服して、まだまだ生きて、ビジネスを発展させて、若い女性を支援して、充実した人生を送ることができたのに、それがいきなり強制的に終わらせられてしまいました。それも、最愛の息子の手によって。社会的に大きな損失であるだけでなく、彼女がどんなに無念だったかと思うと、友人として慙愧に堪えません」

「何言ってんだ」と僕は内心毒づいた。結局あんたたちは、一家でリリーを利用した。ジェニファーを使って僕までも巻き込もうとしていた。カルト集団もどきを生み出して僕の娘を危険にさらした。耳障りのいいことばかり言ってるけど、結局ははりぼてだ。

でも僕は今、リリーのまなざしに守られている。だから偽善者のレトリックなどに動揺することはない。憤りが募ると、僕は目をつぶり、リリーの最後の表情を思い浮かべた。恨み、苦しみ、悲しみ、そうしたすべての情緒を排除した平明な表情には、ただ一つの強い思いだけがあった。彼女は真っ直ぐに僕の目を見据えて、厳然と命じた。「LI・VE＝生きろ」と。十五歳の時、周囲の反対を押し切って僕に生を与えた時、リリーはたぶん同じ目をしていたのだろう。僕はリリーに二度生かされた。

裁判での僕の不遜な態度やジェニファーの母親の証言にもかかわらず、僕の優秀な弁護士は「心神喪失」を主張して良くやってくれた。結局、懲役一年、執行猶予二年という判決が下りた。去年の夏の終わりのことだった。

さらに民事訴訟があった。

「スティーヴ・ハルキ・ナカムラ氏には、日本を含むアジア地域のセールスとマーケティングの担当ということで、月二百万円の給料と経費、別途出張費用を支払って来ましたが、三年間でフィリピンとマレーシアの代理店契約計三件を結んだこと以外の実績はありません」とジェニファーは証言した。そして、リリーの一人息子とはいえ、母親を死なせた人物がその財産を相続することは倫理上ありえないと主張した。

反論の余地はない。僕はすべてジェニファーの言う通りだと答え、ブルー・リザードに関するすべての権利、およびリリーの遺産を放棄すると答えた。そして、リリーの財産は、リリーを慕っていた女の子たちの自立に使ってほしいとリクエストした。

ジェニファーはフェアな人だったので、翌年の春に東京のマンションの売却手続きを始めるまでは、そこに住んでいてもいいと言ってくれた。会社の規定に従った退職金も支払ってくれた。

「ハル、これは純粋に結果論だけど……会社はあなたに救われた。リリーとあの三人がハナをチャーター機でアメリカに連れ帰っていたら、たいへんなことになっていたわ。リリーに対して極端な手段を取ったことは許せないけど、あなたも追い詰められていたのね」

最後に電話で話した時、ジェニファーは穏やかな口調で言った。「三人組はチャーター便を手配する時に偽名を使っていたから、イミグレーションで捕まって強制退去で帰って来たわ。もうあなたや娘さんを悩ませることはないでしょう」

後日談となるが、ブルー・リザードはブルー・リリーと社名を変えて、ジェニファーが新しい社長に就任した。


裁判が二つとも終わり秋が深まって来た頃、僕はバイトを始めた。今までほとんど自力で稼ぐことなくリリーに養ってもらっていたようなものだったので、そんな自分を恥じてのことだった。コンビニの夜間バイトを選んだのは、たぶん遠藤さんのことが頭にあったからだろう。奇妙な発想かもしれないが、これから香奈子とハナの側にいるであろう人のことを理解したいなどと漠然と思ったのではないか。

憶えることが多々あって最初は緊張したし、掃除や品出しなど体を使う仕事もけっこう多く、くよくよしている時間が減ったので精神的に助かった。一方で店も世間も静まり返る午前三時頃、ふわっとどこかにワープしてしまったような妙な感覚を覚え、遠藤さんに対して親近感のようなものを覚えるのだった。

昼夜逆転の生活で夕方に起き出すと、バイトに行くまでの時間、『リリーと僕の物語』を書き上げて、さらに日本語に訳す作業を進めた。原文と同様、ワードではなくノートに手書きしたので、けっこう時間がかかった。

このストーリーを知るべき人が二人いる。香奈子とそしてハナだ。ハナとはもう会わないつもりだが、彼女が成長して自分について考えるようになった時、バックグラウンドを知る手がかりを残しておきたいと思った。彼女が知りたくなったら、誰からの伝聞でもない真実を知ってほしい。そして、僕とリリーの病んだ関係に巻き込まれてつらい思いをした香奈子とその周辺の人たちみんなに心から謝りたい。香奈子、ほんとうにごめん。ハナ、ずっとずっと愛しているよ。君たちが良い人生を送ることを心から願っている。

再び桜の季節になり旅立ちを控えたある日、ノートを封筒に入れて、直接香奈子に渡してほしいと弁護士に託した。これで、山崎香奈子と偽りの結婚生活をおくっていたハル・ナカムラが完全に消滅した。あとはリリーに言われた通り、生きることだけを考えればいい。

「生きる」ために西に向かった。できるだけ時間をかけて、在来線を乗り継ぎながら九州に向かった。列車に揺られ、エンドレスに老若男女が乗っては降りていくのを眺める。制服姿の中高生、子どもを連れた母親、杖をついた老人……それぞれが日常をつなぐために乗っては降りる。たまには僕のようなロスト・ソウルが混ざり込み、ふつうの人たちとは違う風景を見ているのだろうと想像する。

雑然とした駅前のビルやマンション群を離れると、田植え前の水田やうっそうとした森林が車窓に流れてくる。時々区切りをつけるように川が現れ、トンネルの闇がやってくる。日が暮れると、時に思いがけない贈り物のように月が現れた。雨が降り出すと、雨粒が漆黒の窓を流れ落ち、そこに映った自分の顔に重なる。ふと僕の代わりに泣いてくれているのかとセンチメンタルなことを思ったりする。すると、まもなく遠くに夜の明かりが点滅し、次の街が近づいてくる。目に入るものすべてが、まるで初めて見るかのように目新しく映った。

列車で旅する間、たまらなくリリーが恋しくなった。

冷めたピザを口に運びながら、鼻に皺を寄せてシニカルに毒舌をふるうリリー。台所の流しから振り返り、僕のことを愛しくてたまらないという表情で見ていたリリー。学校へ行く前に、苦しいくらいにギュッと抱きしめてくれたリリー。僕への思いが強過ぎて、時に感情を爆発させてしまうリリー。手あたり次第、モノを壁に投げつけるリリー。でも、絶対に僕には手をあげなかったリリー。僕が十五歳で日本へ旅立った時、泣きそうな顔で見送っていたリリー。僕のエスコートでパーティに出かけ、大輪の花のように咲き誇っていたリリー。そして、僕とハナと三人で川の字になって、幸福に酔いしれていたリリー。

アイ・ミス・ユー、マム。もう二度とリリーに会えないことがたまらなく寂しい。リリーに会いたい。もう一度、会いたい。

荒れ果てたみかん畑は一気に春めいていた。

見下ろす海は幾重にも重なる鏡のようだった。

息を吹き返した雑草を踏みながら歩く僕の前に、白っぽい日傘がくるくる回っていた。

母親と幼い娘。香奈子とハナの姿が重なった。

サッキの娘の日向は、ハナより二歳ほど年上だ。
二年も経ったら、ハナもあんなふうにおしゃまな感じになるのだろうか。
サツキがふり返って笑顔を見せながら「ここよ」と言った。
サツキが寒風で頬を赤くして隣に座っていた場所。
二人で動かない雲を長いこと眺めていた場所。
今日の風は暖かい。ずっとこれを待っていたと思えるくらい暖かい。

あとがき

小説というよりは、読み物を書きたいと思っていました。テレビがなかった時代なら、秋の夜長に暖炉の前で読みふけることができたような本。今の時代なら、ブルーライトに疲れた目を休ませながら旅のお伴になってくれるような本。夜更けにしばし現実から離れてページをめくってしまうような本。すっきり後味良く終わり、少しの間ハッピーな余韻を残してくれるような本。そして何気に人間の営みや人生について考えさせてくれるような本。そんな読み物に出会うと、ちょっとだけ生活が潤う気がします。

この作品がそうした良質な娯楽にどれだけ近付くことができたのか、筆者としては、読み手の方々のご感想をドキドキしながら待っているところです。

私は十代の頃から読み物を書きたいと思っていましたが、仕事をして、主婦をして、子育てをして、いつの間にか年齢を重ねてしまいました。しかしその六十余年の年月の経験や見聞が数多くの小さな引き出しとなって執筆を助けてくれたため、思いの外スムーズに筆が進みました。自分の半生は、こうしてモノを書くための延々と続く取材だったのではないかと思うことさえあります。

この作品の登場人物に特定のモデルはいませんが、ハルもリリーも香奈子もマメオも私の小さな引き出しの中から生まれてきて、まるで自分の意志を持っているかのように動いてくれました。それを綴って読み物として創作するプロセスは、事実に忠実に書くことを求められた記者の仕事とはまた別の喜びをもたらしてくれました。

作品は著者の手を離れ、読者に委ねられるものと私は思っています。作品から何を読み取るかは読み手次第。作者が口を出すのは余計なお世話というものです。「『青いトカゲ』とは何か？」とか、「この作品のテーマは何か？」など、読み手の方がそれぞれの人生観の中でとらえてくだされればそれで十分だと思っています。

そうした前提の上であえて私見を述べますと、「青いトカゲ」は二面性を象徴していると見ることができます。香奈子にとっては恐怖の象徴だった「青いトカゲ」は、リリーにとっては生きる力の象徴でした。

同様に、リリーが体現している「母性」にも二面性があります。子どもを育み守る力の源であるはずの「母性」は、時として子どもを押しつぶす破壊力も持ち得る。この物語は「母性」の二面性の話でもあり、それに翻弄されながら自分の居場所を求める若者の話でもある……という視点は、主題として意識していたわけではありませんでしたが、書き終わって読み返した時にトカゲのようにひょっこりと私の前に現れたのでした。

さらに、三人の若い主人公たちにも二面性を見出すことができます。彼らは全員、最初に登場した時とは異なる姿で物語を終えるのですが、それはあたかも脱皮とも呼べるような成長の証でした。彼らが試練を乗り越えて居場所を得ていく様を追いながら、結局のところ、私は〝希望〟を書きたかったのだと思います。

ともすれば自己満足で終わってしまいそうだった私を、文芸社の皆様が励ましてくださいました。多くの人に読んでいただける形にしてくださったことに、心より感謝いたします。

この小品が、どなたかの日常を潤すのに少しでもお役に立つことができれば、それに勝る喜びはありません。

木村のら

著者プロフィール

木村　のら（きむら　のら）

1959年、岩手県生まれ。
通信社記者、大学英語講師を経て、執筆活動中。

青いトカゲ

2023年12月15日　初版第１刷発行

著　者　木村　のら
発行者　瓜谷　綱延
発行所　株式会社文芸社
〒160-0022　東京都新宿区新宿1－10－1
電話　03-5369-3060（代表）
03-5369-2299（販売）

印刷所　株式会社フクイン

ISBN978-4-286-24656-7